Querverlag

Regina Nössler

Morgen ohne Gestern

Roman

© Querverlag GmbH, Berlin 2007

Lektorat: Corinna Waffender

Erste Auflage September 2007

Alle Rechte vorbehalten. Kein Teil des Werkes darf in irgendeiner Form (durch Fotokopie, Mikrofilm oder ein anderes Verfahren) ohne schriftliche Genehmigung des Verlages reproduziert oder unter Verwendung elektronischer Systeme verarbeitet, vervielfältigt oder verbreitet werden.

Umschlag und grafische Realisierung von Sergio Vitale unter Verwendung einer Fotografie von Anja Müller.

Druck und Weiterverarbeitung: Druckhaus Köthen
ISBN 978-3-89656-145-9
Printed in Germany

Bitte fordern Sie unser Gesamtverzeichnis an:
Querverlag GmbH, Akazienstraße 25, D-10823 Berlin
http://www.querverlag.de

1

Hellgrüne Streifen auf der weißen Bettwäsche. Schöne Farbe, dachte sie. Beruhigend. Der Stoff war ein wenig rau, trotzdem fühlte er sich angenehm auf der Haut an. Sonnenlicht fiel ins Zimmer. Sie hätte es gern direkt im Gesicht gespürt, auf den Armen, am Oberkörper. Sie sehnte sich danach. Sie wusste, dass es Wohlbehagen bereiten und wärmen würde, doch bis zu dem Bett, in dem sie lag, reichte es nicht.

Auch auf den kleinen Tisch am Fenster, den sie entdeckte, als sie den Kopf drehte, fiel der Sonnenschein. Am Tisch standen drei Stühle, auf ihm eine Vase mit einem Blumenstrauß. Sie wäre am liebsten sofort aufgestanden, um sich in die Sonne zu setzen, vergaß dieses Vorhaben jedoch schnell wieder, denn ihr Kopf schmerzte bei der kleinsten Bewegung. Er tat so weh wie niemals zuvor.

Niemals zuvor. Was für ein seltsamer Ausdruck.

„Ah, die Gehirnerschütterung ist wach!"

Bis zu diesem Moment hatte sie nicht bemerkt, dass sich außer ihr noch eine andere Person im Zimmer befand. Die Stimme von der gegenüberliegenden Seite erschreckte sie. Sie klang nicht unfreundlich, aber sie war viel zu laut und zerstörte mit einem Schlag das wohlige Gefühl, das Sonnenlicht und Bettwäsche gerade noch in ihr hervorgerufen hatten.

Die Gehirnerschütterung. War sie damit gemeint?

„Gerade gab es Mittagessen", sagte die Stimme. „Aber keine Sorge, Sie haben nichts verpasst. Schweinebraten mit Kartoffelpüree und Rosenkohl. Grauenhaft, sage ich Ihnen. Alles verkocht. Man kann ja zwischen zwei Gerichten wählen. Das vegetarische Zeug kommt für mich nicht in Frage. Ein ordentliches Stück Fleisch muss schon sein, sage ich immer. Geht es Ihnen jetzt eigentlich besser?"

Vorsichtig hob sie den Kopf, um zu erkunden, woher die Stimme kam, ein schmerzhaftes Unterfangen. Die Frau, der sie gehörte, saß aufrecht in einem Bett, das genauso aussah wie ihres, auch ihre Bettwäsche war grüngestreift. Sie hielt eine Zeitschrift in den Händen und blätterte darin, ohne wirklich hineinzusehen. Stattdessen blickte sie unverhohlen neugierig in ihre Richtung.

Dieser Sorte Kopfschmerz war nicht leicht beizukommen, das spürte sie. Vorsichtig ließ sie sich zurück auf das Kissen sinken und schloss die Augen. Krankenhaus. Kein Zweifel, sie lag im Krankenhaus. Die Frage, ob es ihr besser gehe, konnte sie nicht beantworten. War es ihr denn schlecht gegangen? Noch schlechter als jetzt? Sie stellte sich das Mittagessen vor, von dem die Frau gesprochen hatte. Kam für sie das vegetarische Zeug in Frage? Sie wusste es nicht. Warum wusste sie es nicht? Ein Bild stieg empor, aus einer entlegenen Erinnerung, bemächtigte sich hartnäckig ihres schmerzenden Kopfes und ließ sich nicht mehr vertreiben: Kartoffelpüree. Gelbes Kartoffelpüree, in das eine Mulde gegraben war. Die Mulde war voller Soße. Ein kleiner brauner See.

Sie konnte das Kartoffelpüree in Gedanken schmecken, sich seine Beschaffenheit auf der Zunge vorstellen und sie dachte daran, mit der Gabel die Wände des Sees langsam einzureißen, bis sich die Soße über den Teller ergoss, *man spielt nicht mit Essen*, als die Tür geöffnet wurde. Ein Arzt kam herein und trat an ihr Bett. Sie hatte ihn kommen hören, da seine Schuhsohlen bei jedem Schritt quietschten.

Ein Geräusch, das noch weniger zu ertragen war als die laute Stimme der Frau im Bett gegenüber.

„Guten Tag, Frau Hoffmann", sagte der Arzt. „Ich bin Dr. Böhmer. Hier auf der Station sieht doch alles gleich ganz anders aus, nicht wahr? Können Sie sich heute wieder erinnern?"

Erinnerte sie sich? Bevor sie darüber nachdenken konnte, sprach er bereits weiter.

„Sie hatten einen Unfall, Frau Hoffmann. Sie sind auf den Hinterkopf gefallen und waren eine Weile bewusstlos. Soweit wir nach unseren Untersuchungen sehen können, liegen keine schwerwiegenden Verletzungen vor, nur eine Gehirnerschütterung und eine Wunde am Kopf. Sehr löblich übrigens, dass Sie einen Vermerk bei sich trugen, wer zu benachrichtigen ist, wenn Ihnen etwas passiert. Gestern hatten Sie ja auch schon Besuch, wie ich gehört habe."

Sie kannte all diese Worte: Unfall. Kopf. Gefallen. Bewusstlos. Verletzung. Gehirnerschütterung. Wunde. Sie beherrschte die Grammatik und war in der Lage, einen vollständigen Satz zu bilden.

Der Satz lautete: „Ich habe Durst."

„Ich lasse die Schwester gleich eine Flasche Wasser bringen", sagte der Mann, der sich als Dr. Böhmer vorgestellt hatte. Er stand noch immer neben ihrem Bett und sah auf sie herunter, eindringlich jetzt.

„Frau Hoffmann, haben Sie mich verstanden?"

Hoffmann. Ein gewöhnlicher und häufiger Name. Bestimmt hatte sie ihn schon oft gehört, ganz sicher sogar. Doch was hatte er mit ihr zu tun? Warum sprach Dr. Böhmer sie damit an? Erst jetzt bemerkte sie den Schlafanzug, den sie trug. Auf der Brust des hellgrauen Oberteils prangte eine alberne schwarze Fledermaus.

Sie hob die Bettdecke ein wenig an. Die Hose, in der ihre Beine steckten, war dunkelgrau, passend zu den Bündchen der Ärmel. Dieser Schlafanzug war ihr vollkommen fremd. Plötzlich schämte sie sich vor dem Arzt und zog die Bettdecke so hoch, dass die Fledermaus nicht mehr zu sehen war.

Dr. Böhmer wiederholte seine Frage.

„Ja, ja", sagte sie, „ich habe Sie verstanden." Sie wünschte sich, dass er verschwand. „Mein Kopf tut weh."

Erstaunlicherweise schien ihn das zufriedenzustellen. „Das wird bald vorbeigehen." Er tätschelte ihren Arm. „Sie brauchen jetzt Ruhe. Ich sehe später noch einmal nach Ihnen."

Nachdem er das Zimmer verlassen hatte, wandte sich die Frau von gegenüber ihr wieder zu. „Endlich scheint mal die Sonne", sagte sie. „Das wurde aber auch Zeit, so verregnet und kalt, wie der ganze September war."

„Ist jetzt September?", fragte sie und hob dabei wieder den Kopf, weil es ihr unhöflich erschien, ihre Zimmergenossin nicht anzusehen, wenn sie mit ihr sprach.

Sie erntete einen verwunderten Blick. Mehr noch – lag jetzt nicht sogar Ablehnung im Gesicht der Frau? Feindseligkeit? So als hätte sie etwas ganz und gar Unanständiges gefragt?

„Wir haben doch schon längst Oktober", sagte die Frau tadelnd. „Heute ist der zwölfte Oktober. Übrigens mein Hochzeitstag. Na ja", sie wurde sanfter, „bei einer Gehirnerschütterung wissen Sie das Datum vielleicht nicht mehr so genau, macht ja auch nichts. Wir sind ja alle mal ein bisschen durcheinander."

War sie ein bisschen durcheinander? War das die Lösung des Rätsels? Wusste sie deshalb nicht, wer Frau Hoffmann war?

Wie heißen Sie?

Diese Frage, immer wieder.

Medizinische Apparate. Quietschende Schuhsohlen, ein hässliches Geräusch bei jedem Schritt. Kopf abtasten. Fremde Finger. Alle fingerten an ihr herum. Alle sahen ihr immerzu in die Augen. Augen. Spiegel der Seele. Das Gehirn auf den Röntgenbildern, war das ihres? Ein schönes Gehirn.

Folgen Sie mit den Augen meinem Finger.
Wie heißen Sie? Sagen Sie mir Ihre Adresse.
Nicht den Kopf bewegen! Nur mit den Augen.
Schädel-Hirn-Trauma.
Wie heißen Sie?
Sie brauchen Ruhe.
Jemand hatte sie von eins bis fünfzig zählen lassen. Ein anderer Arzt als Dr. Böhmer. Was für eine idiotische Aufgabe. Ungefähr bei der Zahl achtzehn begann ihr langweilig zu werden, spätestens bei dreiunddreißig. Blut auf der Handfläche. Verband am Kopf, verklebte Haare. Augenpaare, die sie unentwegt anstarrten. Je länger sie es taten, desto ratloser wirkten sie. Gemurmel. So leise, dass sie nicht alles verstehen konnte, nur einzelne Begriffe: *Temporäre Amnesie. Psychogene Amnesie. Abwarten.*

Sie kannte all die Worte, die der Arzt vorhin gebraucht hatte, auch das Wort „erinnern". Erinnerung. Sie wusste, was es bedeutete. Aber sie konnte sich nicht erinnern. Nicht an den kindlichen Schlafanzug mit der Fledermaus, den sie am Leib trug, nicht an den gestrigen Besuch, den sie laut Dr. Böhmer bekommen hatte, und ebenso wenig an einen verregneten Monat September, der bereits vorüber war. Auch nicht an den August, den Juli und all die Monate davor. Sie konnte sich an gar nichts erinnern.

Doch an diesem strahlend schönen zwölften Oktober, als die Sonne im Krankenhauszimmer bedauerlicherweise nur den Tisch am Fenster erreichte, erschreckte sie das Fehlen der Erinnerung nicht. Im Gegenteil. Beinahe erheiterte es sie. So etwas geschah doch nicht wirklich. Vielleicht war sie gar nicht wach, sondern in einem langen und sehr tiefen Traum gefangen? Sie mochte die grünen Streifen auf der Bettwäsche, eine beruhigende Farbe, und sie wünschte sich, dass ihr Kopf nicht mehr wehtäte. Die Frau auf der gegenüberliegenden Seite redete unermüdlich weiter auf sie ein, sprach über ihre Hüftoperation und ihren Hochzeitstag; kurz dachte sie, dass die Höflichkeit es eigentlich geböte, ihr zu antworten und sie zu fragen, wo am Hochzeitstag eigentlich der Ehemann blieb, aber sie war zu müde und dann schlief sie ein.

Die Schwester, die kurz darauf das Zimmer betrat, stellte die Flasche Wasser ganz behutsam und leise auf den Nachttisch. Ihre Sohlen quietschten nicht auf dem Fußboden.

2

Marion stellte die kleine Reisetasche auf den Fußboden, so vorsichtig, als befände sich darin etwas Zerbrechliches oder ungeheuer Kostbares. Dabei handelte es sich nur um Unterwäsche, T-Shirts, den Schlafanzug mit der Fledermaus auf dem Oberteil und einen verblichenen, rau gewaschenen Bademantel.

„Ich packe sie später aus", sagte sie, „du legst dich jetzt erst mal ein bisschen hin. Komm. Wohin willst du lieber, ins Bett oder aufs Sofa?"

An besorgte Blicke war Christine Hoffmann inzwischen gewöhnt. Alle hatten sie in den vergangenen Tagen auf genau diese Weise angesehen. Doch in Marions Blick lag noch mehr, etwas anderes, das weit über Besorgnis hinausging: Zuneigung. Tiefe Zuneigung. Vielleicht Liebe? Neben allem anderen hatte Christine auch vergessen, was Liebe war.

„Aufs Sofa", antwortete sie ohne Zögern. Sie hatte genug Zeit im Bett verbracht, fast eine ganze Woche. Ein weiteres Bett war ihr nicht geheuer – noch dazu ein fremdes, genauso fremd wie das im Krankenhaus. Es war geradezu beängstigend, wie eine Gruft. Matratzengruft. Sie wollte sitzen, nicht liegen. Sie wollte aufrecht in eine ihr unbekannte Welt blicken.

Marion trat näher an Christine heran. „Wie gut, dass du wieder zu Hause bist", sagte sie leise und streifte mit den Lippen flüchtig Christines Ohr.

Dann nahm sie ihr die Jacke ab und hängte sie sorgsam an die Garderobe. „Ich bringe sie morgen in die Reinigung. Wenn du willst, auch schon heute. Aber lieber würde ich heute bei dir bleiben. Die ganze Zeit." Nicht nur Christine Hoffmanns Kopf, auch ihre Kleidung hatte bei dem Sturz vor einer Woche, an den sie sich nicht erinnern konnte, gelitten, doch Marion schien der Schmutz daran weit mehr zu bekümmern als Christine.

Ob sie immer so fürsorglich ist?, fragte sich Christine. Ob sie mich immer so liebevoll behandelt? Oder herrscht jetzt ein Ausnahmezustand und im Normalfall ist alles ganz anders?

In den vergangenen Tagen hatte Marion manchmal so gewirkt, als glaubte sie Christine nicht. Als würde sie den Verlust ihrer Erinnerung anzweifeln. Sie ging im Flur umher, unschlüssig und ein wenig nervös, wie es Christine schien, und ihre Schuhe klackten laut auf den Dielen. Christines Kopfschmerzen hatten inzwischen nachgelassen, aber das Geräusch der Schuhe auf dem Holzboden nahm sie überdeutlich wahr, als gingen die Absätze direkt hinter ihren Schädelknochen spazieren, auf und ab, auf und ab.

Von Anfang an war sie zur Stelle gewesen. Marion war sofort zum Krankenhaus gefahren, nachdem sie benachrichtigt worden war, sie hatte ihr Waschzeug und Kleidung gebracht; sogar an Schokolade hatte sie gedacht, von der sie sagte, es sei Christines Lieblingssorte. Obwohl sie Marion nicht zuordnen konnte, nicht fühlte, was sie miteinander verband, war Christine von der aufrichtigen Sorge in ihrem Gesicht unendlich gerührt.

„Er gehört eigentlich mir", hatte Marion gesagt, den Schlafanzug mit der Fledermaus auf Christines Krankenhausbett gelegt und ihre Wange gestreichelt, ganz vorsichtig. „Aber du magst ihn so gern. Du ziehst ihn dauernd an. Auch meinen uralten Bademantel."

Christine hatte nichts von all dem wiedererkannt. Nicht den Schlafanzug und auch nicht den Bademantel. Weder

Marions Gesicht noch ihre Augen, ihre Hände oder ihre angenehm weiche Stimme. Nicht ihre Berührungen. In Christine Hoffmanns Gedächtnis regte sich überhaupt nichts.

Marion hatte sie jeden Tag besucht und als Christine entlassen wurde, aus dem Krankenhaus abgeholt. Christine hatte sich bei der Hand nehmen lassen wie ein vertrauensseliges Kind, dem nicht eingeschärft worden war, Fremde zu meiden und auf gar keinen Fall mit ihnen zu gehen. Aber was war ihr anderes übrig geblieben? Marion hatte ihre kleine Reisetasche getragen und ihr die Wagentür aufgehalten. Im Auto hatte sie die Hand auf Christines Oberschenkel gelegt, nur ganz kurz, aber die Wärme ihrer Hand war in dieser Sekunde durch den Stoff bis zu Christines Haut gedrungen und Christine hatte sich gewünscht, sie möge sie noch eine Weile dort liegen lassen.

„Wir fahren jetzt nach Hause", hatte Marion gesagt und wieder ihre Wange gestreichelt, so vorsichtig, als wäre Christine zerbrechlich oder sterbenskrank, „alles wird wieder gut." Mit sanfter Bestimmtheit hatte sie entschieden, dass sie zu ihrer Wohnung fahren würden, und Christine hatte sich nicht dagegen gewehrt. Wozu auch? „Du wohnst doch sowieso fast bei mir", hatte Marion erklärt. Christine Hoffmann glaubte ihr jedes Wort. Welche Schokolade sie am liebsten aß und wo sie überwiegend lebte. Da sie sich an ihre eigene Wohnung ebenso wenig erinnern konnte wie an die Marions, war es ihr gleich, wohin sie fuhren, Hauptsache, sie musste nicht länger im Krankenhaus bleiben.

„Dann leg dich aufs Sofa", sagte Marion. „Ich hole dir eine Decke."

„Wo ... wo ist das Sofa?"

Christine wohnte fast hier, wie Marion sagte, und wusste nicht mehr, wo das Sofa stand. Die Traurigkeit, die in Marions Augen trat, hatte Christine bereits in den zurückliegenden Tagen an ihr bemerkt, auch wenn Marion sich bemühte, sie zu verbergen. Nun breitete sie sich aus, während beide schwiegen, und erfüllte für einen Moment den Flur.

Dann fasste sich Marion, lächelte und führte Christine in einen großen, freundlichen Raum. Die Sonne des Vormittags fiel direkt auf das Sofa. Sonnenschein. Kein Wunder, dass Christine sich die meiste Zeit hier aufhielt. Wie ihre eigene Wohnung aussah, interessierte sie nicht, denn an dieses helle Zimmer, in dem sie sich augenblicklich wohlfühlte, würde sie gar nicht heranreichen können.

Marion berührte Christines Wange, ganz vorsichtig, nur mit den Fingerspitzen. „Christine, du erkennst mich wirklich nicht, oder?"

„Nein", sagte Christine. „Ich würde so gerne, aber ich erkenne dich wirklich nicht."

Alle nannten sie so, seit einer Woche, entweder Christine oder Frau Hoffmann.

Sagen Sie mir Ihren Namen.

Wie heißen Sie?

Im Krankenhaus hatte sie den Namen manchmal vor sich hingeflüstert, leise, damit ihre Zimmergenossin es nicht hörte. Oder sie hatte sich in der Toilette eingeschlossen und ihn dort vor dem Spiegel etwas lauter gesagt. Es war ihr vorgekommen wie eine Mischung aus Beschwörung, Gebet, Sprechenlernen und dem Versuch, Erkenntnis zu gewinnen. Doch der Name blieb leer, sooft sie ihn auch sagte. Er füllte sich nicht mit Bedeutung. Er fühlte sich x-beliebig und fremd an. Im Nachttisch hatte sie nach ihrem Geldbeutel gesucht, ihren Papieren, und dabei hatten ihre Hände gezittert und ihr Herz wild geklopft. Sie fürchtete sich davor. Dann hatte sie lange ihren Personalausweis betrachtet. Unter der Decke, damit die Frau im Bett gegenüber es nicht bemerkte. In ihrem Ausweis war es beurkundet: Sie war Christine Hoffmann. Achtunddreißig Jahre alt, in einem kleinen Ort in Nordrhein-Westfalen geboren, lebt in Berlin. Das Foto auf dem Ausweis entsprach nicht dem Gesicht, das sie im Spiegel sah.

Sie fühlte sich nicht wie Christine. Sie dachte von sich nicht als Christine, sondern nur als *Ich*. Sie fühlte gar nichts, wenn ihr Name gesagt wurde, und sie wusste, sie würde sich auch nicht umdrehen, wenn ihn jemand hinter ihr riefe. Sie fragte sich, ob sie möglicherweise ihre ehemaligen Klassenkameraden, die sie, wenn sie jetzt achtunddreißig war, vor ungefähr zwanzig Jahren das letzte Mal gesehen haben musste, eher erkennen würde als diejenigen Menschen, die ihr heute am nächsten standen. Doch sie erkannte nicht einmal ihre Eltern.

Ihre Eltern hatten sie vier Tage nach ihrem Unfall, von dem sie weder wusste, wo, noch wie er geschehen war, im Krankenhaus besucht. Christine schätzte die beiden älteren Leute, die plötzlich mit einem Blumenstrauß im Zimmer gestanden hatten, auf Mitte oder Ende sechzig. Den Blumenstrauß hatte Christine als lieblos empfunden, ohne erklären zu können, warum. Sie hatte die laute Stimme der hysterischen Frau, die ihre Mutter war, kaum ausgehalten, ihr übertriebenes, theatralisches Schluchzen. Der Mann, der ihr Vater war, hatte Kordhosen und Strickjacke getragen und die meiste Zeit auf den Boden oder aus dem Fenster gesehen und geschwiegen.

Die eigene Mutter nicht zu erkennen, dachte Christine, ist wahrscheinlich der größte vorstellbare Frevel. Und schlimmer noch: Sie schämte sich für diese Frau. Vor ihrer Zimmernachbarin, die mit wachsamen Augen und Ohren das Geschehen verfolgte, auch wenn sie vorgab, eine ihrer bunten Zeitschriften zu lesen. Vor der Krankenschwester, die kurz hereinkam. Ihre Mutter redete unnötig laut und wirkte chronisch schlecht gelaunt. Sie fragte die ganze Zeit: „Mein Gott! Wie ist denn das nur passiert?", worauf Christine ihr keine Antwort geben konnte. Sie hätte es selbst gern gewusst.

Daran, dass diese Frau tatsächlich ihre Mutter war, zweifelte Christine keinen Moment. Zu groß war die Ähnlichkeit mit dem Gesicht, das ihr aus dem Spiegel entgegenblickte. Und Christine Hoffmann sah oft in den Spiegel. Würde sie in einigen Jahren auch solche nach unten zeigenden Mundwinkel aufweisen? Wie mochte das Leben ihrer Mutter verlaufen sein? Warum sah sie so verbittert aus? Hatten sie ein enges Verhältnis zueinander? Gar eine dieser Meine-Mutter-ist-meine-beste-Freundin-Beziehungen?

Ihre Eltern waren mit dem Auto aus Nordrhein-Westfalen gekommen, wollten nur eine Nacht in Berlin bleiben und am nächsten Tag wieder zurückfahren. „Brauchst du etwas?", hatte ihr Vater gefragt und Christine war beinahe erschrocken, als der schweigsame Mann plötzlich das Wort an sie richtete. Christine hatte verneint. Was hätte sie auch brauchen sollen? Brauchte sie jetzt dasselbe wie vor dem Unfall? Wusste sie überhaupt, was sie jetzt brauchte? Ihrer weinenden Mutter hatte sie auszureden versucht, am nächsten Vormittag noch einmal das Krankenhaus aufzusuchen. „Mir geht es gut, wirklich", hatte sie versichert, „fahrt ruhig nach Hause." Zu Hause. Neben allem anderen waren auch das Haus und der Ort, in dem sie aufgewachsen war, aus ihrem Gedächtnis gelöscht.

Als die beiden Menschen, die ihre Eltern waren, das Krankenhauszimmer verlassen hatten, verspürte Christine Erleichterung. Ihre verkrampften Nackenmuskeln beruhigten sich und sie atmete langsamer. Die Wunde an ihrem Hinterkopf hörte zu pochen auf. Die Frau im Bett gegenüber war ihr inzwischen vertraut, nicht aber ihre Eltern.

„Können Sie sich eigentlich wirklich an nichts erinnern?", hatte ihre Zimmergenossin nach einer weiteren Erwähnung der unzähligen Blutkonserven, die bei ihrer Hüftoperation notwendig gewesen waren, gefragt.

„Nein", hatte Christine geantwortet. „An nichts. Ich kann mich an gar nichts erinnern. Ich habe mein ganzes

Leben vergessen. Ich kann tun, was ich will, es fällt mir einfach nicht wieder ein."

Die Frau hatte ihre Zeitschrift sinken lassen. „Das ganze Leben vergessen ...", hatte sie dann träumerisch gesagt und zum Fenster geblickt. „Das ganze Leben vergessen? Oh, wie schön."

3

„Wie schön du bist", sagte Marion, als sie Christine zudeckte. Und noch einmal: „Wie schön."

Liebe und Sorge, in Marions Blick erkannte Christine beides. Sie selbst hatte vergessen, wie es sich anfühlte. Ob Marion ihr oft sagte, sie sei schön? Christine hielt das Kompliment für völlig übertrieben. Sie sah durchschnittlich und gewöhnlich aus, keineswegs schön. Auf der Suche nach sich selbst hatte sie es im Krankenhaus lange genug im Spiegel überprüft. Ihre Haut war ebenmäßig, vielleicht etwas blass, sie hatte ein annähernd symmetrisches Gesicht mit Ausnahme des leicht schiefen Mundes und kleiner Fältchen unter den Augen, die sich in wenigen Jahren zu einem Problem entwickeln würden, falls sie eitel wäre. Sie sah passabel aus. Aber sie war nicht schön. Besonders ausgiebig hatte sie ihre Stirn betrachtet, die Haut und den Knochen darunter betastet und sich gefragt: Was geht dahinter vor? Wo ist das alles? Wo ist mein Leben geblieben, wenn nicht abgespeichert hinter meiner Stirn?

Anfangs war Marion fassungslos darüber gewesen, dass Christine alles vergessen hatte, ihre gesamte Existenz. Dass Christine sie vergessen hatte. Die andere Patientin im Zimmer, mit einem Gespür dafür, wann das Belauschen einer Unterhaltung lohnenswert war, hatte die Ohren gespitzt. Unentwegt hatte Marion gefragt: „Du kannst dich an nichts erinnern? Du kannst dich wirklich an gar

19

nichts mehr erinnern?" Und dann hatte sie Christine ihre gemeinsame Geschichte am Krankenbett erzählt.

Sie hatten sich vor acht Jahren kennengelernt, an Christines dreißigstem Geburtstag. Seitdem waren sie ein Paar. Ein glückliches, wie Marion betonte, die große Liebe, im Unterschied zu vielen anderen Frauen aus dem Bekanntenkreis, die sich gegenseitig betrogen, schlecht behandelten und es an Achtung vor der Partnerin mangeln ließen. Marion hatte auf Christines Bettrand gesessen und ihre Hand genommen. Bei der Beschreibung des Glücks, das sie verband, hatten sich Tränen in ihren Augen gesammelt. Christine hatte darauf gewartet, dass sie ihr jeden Moment über die Wange laufen würden, aber zu ihrer Verblüffung war es nicht geschehen. Marion war es gelungen, sie zurückzuhalten, und Christine hatte sich gefragt, wo die ungeweinten Tränen wohl versickerten.

Christine Hoffmann hatte nicht nur die Liebe und eine acht Jahre dauernde Partnerschaft vergessen, sie wusste auch nicht mehr, dass sie Frauen begehrte. Etwas so Wesentliches zu vergessen, erschien ihr ungeheuerlich, und sie nahm sich vor, Marion nach ihrer Vergangenheit zu fragen, nach der Zeit ihres Lebens, bevor sie sich kennengelernt hatten. Sie hoffte, Marion im Laufe der acht Jahre genug über sich berichtet zu haben, so dass es nun ausreichen würde, um sich ein Bild davon zu machen, wer sie gewesen war.

Christine hatte zwar vergessen, dass sie Frauen begehrte, aber weder überraschte noch schockierte es sie. So wie sie sprechen, lesen und schreiben konnte, wusste sie, dass es Frauen gab, die Frauen, und Männer gab, die Männer liebten. Aber sie konnte sich nicht mehr daran erinnern, dass sie mit der Frau, die sie täglich im Krankenhaus besucht hatte, geschlafen hatte. Geschweige denn, wie sich Marions Körper anfühlte, ob sie sanft oder stürmisch war, ob sie in der Erregung laut wurde. Wie sie küsste. Wusste Christine eigentlich noch, wie man küsste? Dunkel glaubte sie sich an fremde Haut auf ihrer Haut zu erinnern, an das Gewicht eines Körpers auf ihrem, an die Schwere, die sie in eine Matratze drückte, aber sie wusste nicht, ob es der eines Mannes oder einer Frau war. Ob es Marions Körper war. Heftiges Atmen an ihrem Ohr, eine Zunge. Stöhnen. Leckte sie Marion über den Hals, wenn sie sich liebten? Über ihre Brüste, den Bauch? Liebten sie sich oft? Sah sie ihr dabei in die Augen? War die Liebe nach acht Jahren noch leidenschaftlich? Leidenschaft erforderte ein gewisses Maß an Fremdheit. Woher wusste Christine das? Vermutlich hatte sie es in einer Zeitschrift gelesen. Oder wusste sie es von selbst, weil es sich um eine banale Weisheit handelte, die jeder kannte? Wenn es zutraf, so dachte sie, müsste die Leidenschaft jetzt besonders groß sein, denn Marion war ihr vollkommen fremd. Sie mochte ihre Stimme, ihre Gestalt, ihr Gesicht, aber die Vorstellung, nackt neben ihr im Bett zu liegen und Lust zu empfinden, überforderte sie.

„Was denkst du?", fragte Marion.

Was denkst du. Ließ sich diese Frage beantworten? War es nicht in jedem Moment viel zu viel, um es in einem Satz wiederzugeben, in jedem Augenblick ein eigener kleiner Kosmos? Und war eine Antwort darauf überhaupt wünschenswert?

„Nichts Besonderes", antwortete Christine. „Ich sehe mir deine Wohnung an. Das Zimmer. Es ist schön. Du hast einen guten Geschmack."

Schon seit Tagen war Christines Haut übersensibel. War sie es auch schon vor dem Gedächtnisverlust gewesen? Die Wolldecke, die Marion ihr gegeben hatte, kratzte und sie wäre sie gern losgeworden, doch das hätte Marion sicherlich gekränkt.

„Die Bettwäsche im Krankenhaus hat mir gefallen", sagte Christine. „Die hellgrünen Streifen darauf. Eine beruhigende Farbe."

Marion sah sie entgeistert an.

„Was ist?", fragte Christine. „Habe ich etwas Falsches gesagt?"

„Du kannst Grün nicht ausstehen", sagte Marion. „Du konntest diese Farbe noch nie leiden. Seit ich dich kenne. Eigentlich dein ganzes Leben lang. Das hast du mir oft erzählt. Zur Einschulung hat deine Mutter dir ein grünes Kleid gekauft, das hast du ihr nie verziehen."

Christine stellte sich die Krankenhausbettwäsche vor, das helle Grün, und erst jetzt bemerkte sie, dass sich in dem großen Zimmer, in dem sie saßen, kein einziger grüner Gegenstand befand, nichts, weder ein Möbelstück noch ein Teppich. Nicht einmal eine grüne Blumenvase. Wenn sie Grün hasste, dann war es sehr rücksichtsvoll von Marion, diese Farbe aus ihrer Wohnung zu verbannen. Offenbar kannte sich Marion bestens in Christines Leben aus, wenn sie sogar wusste, was für ein Kleid Christines Mutter ihr zur Einschulung geschenkt hatte.

„Dann stimmt wohl etwas mit meinem Kopf nicht", sagte Christine, „obwohl die Ärzte das Gegenteil behauptet haben."

„Unsinn. Alles kommt wieder in Ordnung. Du wirst sehen."

„Bist du dir da sicher?"

„Aber ja."

Was ist mit mir? Was ist nur mit mir passiert?

Eine Krankenschwester war die Erste gewesen, der Christine diese Frage gestellt hatte.

„Sie sind draußen gestürzt", hatte die Krankenschwester geantwortet. „Wahrscheinlich auf dem glitschigen Boden ausgerutscht. Kein Wunder bei dem Wetter in den letzten Wochen. Sie sind auf den Hinterkopf gefallen, aber das merken Sie ja selbst, an dem Verband und an den Kopfschmerzen. Wenn Sie etwas dagegen brauchen, sagen Sie mir einfach Bescheid."

Ausgerutscht also.

„Und warum kann ich mich an nichts erinnern?", hatte Christine gefragt.

„Das ist ganz normal bei einer Gehirnerschütterung. Aber das wird schon wieder."

„Wie bin ich ins Krankenhaus gekommen?"

„Jemand hat den Notarzt gerufen."

Christine konnte sich an keinen Sturz erinnern, keinen glatten Boden, keine Sanitäter und auch nicht an wochenlanges schlechtes Wetter. Ganz flüchtig stieg ein Bild in ihr auf, verwitterte, moosige Steinstufen, aber es verblasste sofort wieder und war nicht mehr zu greifen. Vielleicht würde ihr Gedächtnis Stück für Stück zurückkehren, ganz langsam, wenn sie in kleinen Schritten vorginge und mit dem Tag des Unfalls begänne.

„Was habe ich an diesem Tag gemacht?", fragte sie. „Weißt du das?"

„Ich schätze, du bist spazieren gegangen", vermutete Marion.

„Spazieren gegangen? Bei dem Wetter? Die Krankenschwester und die Frau mit der Hüftoperation haben gesagt, dass es in Strömen geregnet hat."

„Du bist gern bei schlechtem Wetter draußen", sagte Marion, zog die kratzende Wolldecke höher, bis unter Christines Kinn, und schlang sie um ihre Schultern, damit sie nicht herunterrutschte. „Am liebsten gehst du spazieren, wenn niemand sonst auf die Idee käme. Stundenlang. Manchmal streiten wir uns deswegen ein bisschen, denn du kannst mich nur selten dazu bewegen, dich zu begleiten. Du magst schlechtes Wetter."

„Niemand mag schlechtes Wetter."

„Doch, mein Engel, du."

Mein Engel. Christine fragte sich, ob Marion sie wohl immer so nannte. Und mit welchen Koseworten sie selbst ihre Freundin bedachte. Sie wagte nicht, danach zu fragen. Obwohl sie angeblich seit acht Jahren mit der Frau, die neben ihr auf dem sandfarbenen Sofa saß, zusammen war, erschien Christine solch eine Frage als zu intim. Und was hätte sie auch fragen sollen? „Ach, übrigens, wie rede ich dich eigentlich an, wenn ich zärtlich bin? Sage ich dann deinen Namen oder etwas anderes?" War Christine Hoffmann überhaupt zärtlich?

„Vorher warst du vielleicht im Aquarium", fuhr Marion fort. „Aber ich weiß es nicht. Du hast mir an diesem Tag nicht gesagt, wohin du gehst. Du hast bei mir übernachtet wie meistens und warst morgens auf einmal verschwunden. Ich dachte, du bist bei der Arbeit."

„Im Aquarium?"

„Das Aquarium am Zoo. Dort gehst du oft hin. Du siehst dir gerne die Piranhas und Muränen und Spinnen und Tausendfüßler und all das eklige Viehzeug an. Und Quallen. Die kleinen Quallen im Aquarium liebst du geradezu."

Augenblicklich hatte Christine dahinschwebende Quallen vor Augen, transparent, mit einem leichten violetten Schimmer, als wäre ein Tuschkastenpinsel kurz in ein Glas mit Wasser getaucht worden. Sie wusste, wie sie aussahen, aber dass sie die glibberigen Geschöpfe liebte, hatte sie vergessen.

„Hin und wieder fährst du zum Aquarium, wenn du allein sein willst", sagte Marion. „Oder wenn es dir nicht gut geht. Du bist öfter ..." Marion sprach nicht weiter.

„Was bin ich öfter?"

„Na ja", Marion zögerte. „Traurig. Du nimmst manchmal alles sehr schwer. Viel zu schwer, wenn du mich fragst. Und deswegen ist es nicht immer einfach mit dir."

Christine Hoffmann wusste, was Traurigkeit war, nicht aber, wie sie sich anfühlte. Dazu hatte es in den vergangenen Tagen keinen Anlass gegeben. Ihre Eltern hatten sie vor ihrer Rückreise gegen ihren ausdrücklichen Wunsch ein zweites Mal besucht, diesmal ohne Blumen, doch die Frau zu sehen, die ihre Mutter war, machte Christine nicht traurig, sondern eher wütend. Immer wieder fragte sie, wie der Unfall passiert sei, und Christine glaubte herauszuhören, dass sie damit nicht sich selbst, sondern ihrer Mutter etwas angetan habe. Ihr Vater hatte auch beim zweiten Besuch kaum gesprochen. Manchmal hatte er so gewirkt, als wollte er unbedingt etwas sagen, doch seine Worte hatten keinen Weg nach draußen gefunden.

Christine hatte eine Vorstellung davon, was Schwermut bedeutete, nicht aber, dass sie zeitweilig davon betroffen war. Sie war also kein heiterer, positiver Mensch, kein Sonnenscheinchen, sondern jemand, der an der Welt litt. Oder an sich selbst? Vielleicht hatte sie es deswegen vorgezogen, einfach zu vergessen, wer sie war? Weil sie die Nase voll von sich hatte? Ein Mensch, der alles schwer nahm und dann auch noch bei schlechtem Wetter spazieren ging. Wenn man keinen Hund vor die Tür jagte. Ein Mensch, der gerne Tausendfüßler, Muränen und andere sonderbare Tiere betrachtete. Hatte Marion die letzten acht Jahre mit einer Depressiven verbracht?

Das ist bei einer Gehirnerschütterung ganz normal. Christine hatte die Stimme der Krankenschwester im Ohr. Vielleicht war es schon morgen vorbei. Vielleicht erinnerte sie sich morgen wieder an alles – an ihr Leben, an ihren Beruf, an die Jahre mit Marion.

Das Telefon klingelte.

„Entschuldige", sagte Marion und stand auf. Sie ging zum Hörer, der auf dem großen Esstisch lag, meldete sich und verschwand mit dem Apparat in einem anderen Raum.

„Ja, später", hörte Christine sie sagen. „In ein paar Tagen. Jetzt noch nicht. Es ist zu früh." Den Rest verstand sie nicht.

Kurz darauf kehrte Marion in das helle, freundliche Zimmer zurück, ging zum Fenster und blickte hinaus.

„Das war deine beste Freundin", sagte sie und sah Christine nicht an. „Ich soll dir viele Grüße ausrichten und gute Besserung."

„Ich habe eine beste Freundin", sagte Christine, mehr zu sich selbst und als Feststellung. War das nicht ein sehr altmodischer Ausdruck – beste Freundin? Oder eine Bezeichnung, die eher zu einem Schulmädchen passte als zu einer erwachsenen Frau?

Marion drehte sich um. „Wir können sie ja in ein paar Tagen hierher zum Essen einladen, wenn du möchtest", sagte sie. „Aber wir können damit auch noch warten. Bis du zur Ruhe gekommen bist. Sie heißt Grit."

4

„Grit", sagte Christine, „ein schöner Name."

Mit ihrem eigenen Namen konnte sie sich noch immer nicht anfreunden. Nach wie vor würde sie sich nicht angesprochen fühlen, wenn ihn jemand laut hinter ihr riefe. Sie hatte nachgesehen, als sie allein war: In Marions Telefonbuch gab es rund neun Seiten Hoffmann, klein und eng gedruckt, zahllose Hoffmanns, untereinander aufgelistet. Allein sechzehn mit demselben Vornamen. Christine war nichts Besonderes.

„Wie man's nimmt", erwiderte Grit. „In der Schule war es eine Zeit lang kein Vergnügen, so zu heißen. Grit – igitt." Sie lachte. Christine mochte ihr Lachen auf Anhieb. „Tut mir übrigens leid, dass ich dich einfach so überfallen habe", sagte Grit. „Aber ich habe mir ziemliche Sorgen um dich gemacht. Ich musste einfach mit eigenen Augen sehen, wie es dir geht."

„Warum bist du nicht ins Krankenhaus gekommen?", fragte Christine. Im selben Moment, als sie es aussprach, empfand sie die Frage als deplatziert. Unhöflich. Sie überschritt eine Grenze. Allem Anschein nach war sie zwar mit Grit befreundet, sogar gut befreundet, aber augenblicklich war Grit eine Wildfremde – wie konnte sie ihr einen Vorwurf machen? Und was hätte es geändert, wenn Grit sie im Krankenhaus besucht hätte?

„Ich wollte ja, aber Marion hat gesagt, dass ich noch ein bisschen warten soll."

„Es ist schön, dass du da bist", sagte Christine. „Auch wenn ich mich ehrlich gesagt an dich so wenig erinnere wie an alles andere."

Marion war am frühen Morgen zur Arbeit gefahren. Sie war Lehrerin für Deutsch und Geografie. Eindringlich hatte sie Christine gebeten, bis zu ihrer Rückkehr am Nachmittag in der Wohnung zu bleiben. Es sich gut gehen zu lassen. Sie solle lesen, schlafen, sich in die Badewanne legen. Sollte es an der Tür klingeln, hieß es, am besten nicht öffnen und auch nicht ans Telefon gehen. Marion hatte ihr Fotos aus gemeinsamen Urlauben auf den kleinen Tisch neben dem Sofa gelegt. Auf den Bildern trugen sie meist Sonnenbrillen und waren leicht bekleidet. Sie lachten und sahen glücklich aus. Auf einem Selbstauslöser-Foto küsste Marion Christine auf die Wange. Christine fand sich grässlich im Badeanzug. Ob sie gut schwimmen konnte? Ob sie überhaupt sportlich war? Ihr Körper verriet darüber nichts. Er war weder dick noch mager. Er wirkte nicht durchtrainiert, aber auch nicht schwächlich; auf einer solchen Skala rangierte er ungefähr in der Mitte. Er war Durchschnitt. So durchschnittlich wie ihr Name und ihr Gesicht. Der Kühlschrank sei gefüllt, hatte Marion gesagt. Lauter Dinge, die Christine gerne esse, sie sei extra einkaufen gewesen. Aber Christine wusste nicht mehr, was sie gerne aß. Die Schokolade, die Marion ihr ins Krankenhaus mitgebracht hatte, hatte sie noch nicht angerührt.

„Kannst du dich wirklich an nichts erinnern?", fragte Grit.

Sie saßen nebeneinander auf Marions sandfarbenem Sofa. Die kratzende Wolldecke hatte Christine, sobald Marion die Wohnung verlassen hatte, ins Schlafzimmer gebracht. Vormittags hatte es plötzlich an der Tür geklingelt. Christine wusste zwar nicht, wieso, aber Marion hatte ihr davon abgeraten, die Tür zu öffnen. Die Müllabfuhr? Vertreter? Handwerker? Werbung? Durch die Gegensprechanlage hatte Christine sich erkundigt, wer da unten

sei. Grit hatte ihren Namen genannt. Christine hatte sofort
geöffnet und als sie Grits Schritte auf der Treppe gehört
hatte, war sie aufgeregt gewesen. Sie hatte nicht erwartet,
die beste Freundin zu erkennen, und die Frau, die dann
oben vor der Wohnungstür stand, war ihr in der Tat unbekannt. Sie hatte Grit hereingebeten, zum Sofa geführt,
Kaffee gekocht und sich nur ein kleines bisschen darüber
gewundert, dass ihr die Zubereitung ohne Mühe und mit
geübten Handgriffen gelungen war. Ihre Hände hatten es
von selbst getan.

„Nein, ich kann mich an gar nichts erinnern", antwortete Christine. Offenbar würde sie sich an diese Frage
gewöhnen müssen und sie noch oft zu hören bekommen,
es sei denn, bald fiele ihr endlich alles wieder ein. „Aber das
stimmt nicht so ganz, gerade konnte ich immerhin ohne
nachzudenken Kaffee kochen. Ein kleiner Rest scheint also
übrig geblieben zu sein. Wie lange kennen wir beide uns
schon?"

„Eine Ewigkeit", sagte Grit. „Lass mich mal überlegen ...
fast zwanzig Jahre. Wir kennen uns inzwischen länger, als
wir uns nicht kennen. Weißt du, was ich meine?"

„Ja", sagte Christine.

Aber ich kenne dich nicht, dachte sie. Sie betrachtete
Grit. Zwanzig Jahre, wie konnte sie eine solche Zeitspanne
einfach vergessen? Die Hälfte ihres Lebens. Aber sie hatte
ja auch Marion vergessen, ihre Lebensgefährtin. Sie konnte
sich nicht mehr an ihre Eltern erinnern und ebenso wenig
an ihren Beruf.

In der Nacht davor – seit ihrem Krankenhausaufenthalt
die erste in der Normalität, die nun wieder begann – hatten
sie in Marions breitem Bett geschlafen, unter zwei getrenn-
ten Decken. „Wir schlafen seit acht Jahren fast immer
zusammen", hatte Marion mit großer Selbstverständlichkeit gesagt, als erklärte sie das Einmaleins oder die unum-
stößlichen Gesetze der Schwerkraft. Christines fragenden
Gesichtsausdruck hatte sie mit einem Streicheln über ihre

Wange weggewischt und sie anschließend ins Schlafzimmer geführt. Wenn es so ist, hatte Christine gedacht, wird die Gewohnheit der Nächte meinem Gedächtnis vielleicht auf die Sprünge helfen. Marion wird schon wissen, was sie tut. Sie weiß, wie ich mich im Schlaf anfühle. Sie kennt mich.

Bevor sie eingeschlafen war, hatte Marion sich zu ihr gewandt, Christine hatte ihren Atem im Gesicht gespürt, und ganz leise gesagt: „Alles wird gut." Christine war an den äußersten Bettrand gerutscht, aus Angst, Marion zufällig zu berühren. Sie hatte lange wach gelegen und dem regelmäßigen Atmen der schlafenden Freundin neben sich zugehört. Wie eine kleine, reibungslos funktionierende Maschine. So ruhig und angenehm. Die Hüftoperation im Krankenhaus hatte jede Nacht in aufstörender Unregelmäßigkeit röchelnde Schnarchgeräusche in die Dunkelheit entsandt. Im Bett neben Marion hatte Christine sich von einer Seite auf die andere gedreht, vorsichtig, um Marion nicht zu wecken. Seit acht Jahren. Seit acht Jahren teilte sie das Bett mit ihr, fast jede Nacht. Erst nach Stunden war sie eingeschlafen. Durch die zugezogenen Vorhänge war die Morgendämmerung bereits langsam ins Zimmer gekrochen.

„War ich schon immer mit Frauen zusammen?", fragte Christine.

„In deiner Schulzeit gab es wohl auch ein paar Freunde", sagte Grit, „aber seit ich dich kenne, ja. Ich habe eine Menge mitbekommen. Frauen. Affären. Liebschaften, ernste und weniger ernste. Dramatische Verwicklungen. Liebe, Leid. Ein seltsames Gefühl, dass ich im Moment gar nicht sagen kann: weißt du noch, damals ..."

„Ich starre dauernd in den Spiegel", sagte Christine.

„Und? Was siehst du darin?"

„Eine Frau mit einem leicht schiefen Mund, die ich nicht verstehe. Nein, falsch. Um sie nicht verstehen zu können, müsste ich sie erst einmal kennen. Eine Frau mit einem leicht schiefen Mund, die ich verloren habe. Ich habe mich verloren, wie einen verlegten Schlüssel, den ich nicht mehr wiederfinde. Man verliert doch immer mit Vorliebe den Schlüssel, oder? Stimmt es eigentlich, dass ich die Farbe Grün nicht leiden kann?"

„O je", sagte Grit. „So etwas hast du auch vergessen? Ja, das stimmt. Du magst sie nicht besonders. Du würdest dir zum Beispiel nie ein grünes Kleidungsstück kaufen und du wirst in deinem Kleiderschrank auch keins finden. Wieso? Hat sich daran etwas geändert?"

„Anscheinend schon. Zumindest mochte ich im Krankenhaus Grün."

„Klingt spannend." Grit lachte wieder auf diese Art, die Christine als wohltuend empfand. Erst jetzt bemerkte sie, dass sie unter ihrem Pullover ein grünes Hemd trug. Anders als Marion, in deren Wohnung sich nichts Grünes befand, hielt Grit es offenbar nicht für nötig, Christine von dieser Farbe zu verschonen.

„Ist das denn überhaupt möglich?", fragte Christine. „Dass aus einer Abneigung plötzlich eine Zuneigung wird?"

„Keine Ahnung", sagte Grit. „Ich habe noch nie das Gedächtnis verloren. Eigentlich bedauerlich."

„Bedauerlich?"

„Manchmal wäre es vielleicht schön: ein neues Leben zu haben. Wie rein gewaschen. Ein ganz anderer Mensch zu sein."

„So etwas Ähnliches hat meine Zimmernachbarin im Krankenhaus auch angedeutet. Um mich aber darüber freuen zu können, müsste ich wissen, wer ich bislang war. Und dann, ob es sich lohnen würde, eine andere zu sein."

„Was hast du eigentlich gefühlt, als du im Krankenhaus wach wurdest?", fragte Grit.

„Kopfschmerzen. Durst. Hunger. Müdigkeit. Ich war schrecklich müde. Aber ich hatte keine Angst. Die bekam ich erst später."

„Angst wovor?"

„Dass es einfach weg ist, verschwunden. Dass mir nie wieder einfällt, wer ich bin. Oder war. Du bist meine beste Freundin und ich erkenne dich nicht. Ich erkenne noch nicht einmal das Sofa, auf dem wir gerade sitzen! Dabei saß ich bestimmt schon oft hier, auf genau diesem Platz."

„Du hast eigentlich nicht besonders gerne auf Sofas gesessen", sagte Grit. „Auf meinem übrigens auch nicht."

„Habe ich selbst kein Sofa?"

„Doch. Aber auf das kann man sich unmöglich setzen. Ständig voller Bücher und Zettel. Du hasst es, wenn man deine Ordnung durcheinander bringt. Ich weiß noch nicht einmal so genau, welche Farbe es hat. Braun? Beige? Weiß?" Grit lachte.

Sie soll nicht aufhören zu lachen, dachte Christine. Bleib noch hier. Geh nicht weg.

„Und was ist mit Marion?", fragte Grit.

„Ganz fremd", sagte Christine. „Es ist, als hätte ich sie erst vor ein paar Tagen im Krankenhaus kennengelernt und vorher noch nie gesehen. Und dich kenne ich seit ungefähr einer Stunde. Seit du vor der Tür standest. Aber ich scheine eine gute Wahl bei meiner besten Freundin getroffen zu haben."

„Danke", sagte Grit und errötete ganz leicht.

„An meine Arbeit kann ich mich übrigens auch nicht erinnern", ergänzte Christine, „obwohl sie mir angeblich wichtig ist."

Marion hatte Christine erzählt, dass sie Historikerin war, ihre Doktorarbeit schrieb und in einem Sonderforschungsbereich arbeitete. Neuere Geschichte, ausgerechnet. Christine Hoffmann hatte Geschichte studiert, forschte darüber und konnte sich noch nicht einmal an ihre eigene erinnern.

Offenbar führte sie ein außerordentlich privilegiertes Leben. Das wusste sie, weil sie im Krankenhaus jeden Tag die Zeitung gelesen hatte, verwundert darüber, dass ihr diese Fähigkeit nicht abhanden gekommen war. Allerdings war ein Ende des Privilegs absehbar, bei einer gut bezahlten Arbeit über ihre Zeit frei verfügen zu können: nur noch anderthalb Jahre. Von ihrem Drei-Jahres-Vertrag war bereits die erste Hälfte verstrichen. Vermutlich würde sie dann eine weitere Arbeitslose sein, die die Gesellschaft nicht brauchte, die ihr zur Last fiel. Überqualifiziert und nutzlos, mit vierzig allmählich zu alt, aber genau richtig für teure Anti-Falten-Cremes, die sie dann allerdings nicht mehr bezahlen könnte. Dank ihrer intensiven Zeitungslektüre war Christine bestens über den Stand der Gesellschaft im Bilde. Nicht aber über sich selbst. Marion hatte gesagt, das alles sei kein wirklicher Grund zur Sorge, denn zur Not gebe es noch sie. Auch finanziell. Sie sei immer für Christine da. Sie seien so gut wie verheiratet. Und bald, wenn Christine endlich wieder alles einfiele, würden sie Champagner trinken. Dies sei dann ein zweiter, fester Jahrestag, so wie der Tag ihres Kennenlernens, den sie immer feierten, je nach Laune rauschend oder romantisch.

Christine stand auf, ging zum Fenster und öffnete es weit. Von dem fortdauernden Regen der vergangenen Wochen war jetzt nicht mehr das Geringste zu ahnen. Die Sonne strahlte so selbstbewusst und vereinnahmend vom Himmel, als täte sie es immerzu. Milde, weiche Herbstluft strömte durch das Fenster, in Christines Nase und von dort direkt in eine Region ihres Gehirns, die dadurch seltsam angeregt wurde. Es war wie eine Berührung, wie der Druck auf einen bestimmten Punkt, wie Wachwerden. Ihr Gehirn hatte Christine auf den Bildern im Krankenhaus, im Unterschied zu ihrem Gesicht, schön gefunden. Aber warum tat diese Masse in ihrem Kopf, die an einen Blumenkohl oder an eine Walnuss denken ließ, nicht das, wozu sie unter anderem da war: ein Gedächtnis haben? Die Luft, die durch das Fenster kam, deutete Veränderung an, das Herannahen einer anderen Jahreszeit. Waren Frühling und Herbst sich nicht manchmal zum Verwechseln ähnlich? Für einen kurzen Moment wurde Christine wehmütig.

Sie drehte sich um und sah Grit an, die auf Marions Sofa saß, für Christines Empfinden ein wenig steif. Und so, wie Grit dort saß, fühlte Christine sich. Unbehaglich. Es wurde Zeit, den Ort zu wechseln.

„Wie lange kannst du bleiben?", fragte sie.

Ob sie früher auch immer vom Schlimmsten ausgegangen war? Sie machte sich darauf gefasst, dass die unbekannte beste Freundin ihr nun mitteilen würde, sie müsse bald wieder gehen. Christine wollte nicht, dass sie ging. Sie wollte es auf gar keinen Fall. Aber sie rechnete so fest damit, dass sie sich vorsichtshalber auf den ersten wirklichen Schmerz – neben dem Kopfschmerz – seit ihrem Unfall einstellte.

Doch die Enttäuschung blieb aus, denn Grit sagte zu ihrer Überraschung: „Ich habe heute frei. Ich habe den ganzen Tag Zeit. Warum?"

„Ich will meine Wohnung sehen. Jetzt sofort. Begleitest du mich?"

5

Sie brachen sofort auf, tranken nicht einmal den Kaffee aus. Sie führen nun mit der U-Bahn von Charlottenburg nach Kreuzberg, erklärte Grit. Grit begleitete Christine zu ihrer Wohnung, die sie zum letzten Mal vor ihrem Gedächtnisverlust gesehen hatte. Also in einem anderen Leben. Christine wusste nicht, wie lange es zurücklag, und unterwegs fragte sie sich, ob sie zu Hause womöglich verschimmeltes Essen erwartete, vertrocknete Pflanzen oder gar eine verhungerte Katze. Aber darum hätte Marion sich bestimmt gekümmert, falls es nötig gewesen wäre.

Marion sagte, Christine wohne die überwiegende Zeit bei ihr. Ihre eigenen vier Wände habe sie nur wegen möglicher, aber unnötiger Freiräume behalten. In Wahrheit bestehe überhaupt keine Notwendigkeit, zwei Wohnungen zu bezahlen. Viel zu viel Miete, Monat für Monat eine unsinnige Verschwendung.

„Wenn du dich wieder erinnerst, fangen wir ganz neu an", hatte Marion am Morgen gesagt, bevor sie zur Arbeit gefahren war. „Wir tun endlich das, was wir schon immer tun wollten. Du ziehst richtig bei mir ein. Oder noch besser: Wir suchen uns eine größere Wohnung."

Christine fragte sich, warum Marion nie bei ihr war, warum stets nur sie die Freundin besuchte. War es eine Gewohnheit, die sich eingeschlichen hatte und dann, nach einigen Monaten und schließlich nach Jahren, unabänderlich schien?

Immerhin zweifelte Marion inzwischen nicht mehr daran, dass Christine sich an nichts erinnern konnte. Und was meinte sie mit einem Neuanfang? Hatte sie nicht in den ganzen letzten Tagen betont, wie überaus glücklich sie seien? Das Lachen auf den Urlaubsfotos. Die große Liebe. Die perfekte Beziehung. Warum war es dann nötig, neu anzufangen? Und womit? Christine wollte Grit, die Bescheid wissen musste, danach fragen, sie öffnete schon den Mund, wagte es dann aber nicht. Später. Sie würde es später tun, nachdem sie ihre Wohnung gesehen hatte.

„Brauche ich so etwas auch?"

Christine beobachtete Grit, die am Automaten einen Fahrschein für die U-Bahn kaufte. Eine alltägliche Handlung, die Grit auch genau so verrichtete, nebenbei, als wäre es lästig. Sie wühlte in ihrem Kleingeld, fand das passende nicht sofort. Beharrlich verweigerte der Automat die Annahme einer bestimmten Münze; sie fiel immer wieder aufs Neue mit einem klackernden Geräusch in das untere Fach. Grit fluchte leise. Christine beneidete sie um dieses Fluchen, um die Normalität, über die sie verfügte und die sie selbst verloren hatte. Jetzt, nach mehr als einer Woche, wollte sie ihren eigenen Alltag zurückhaben, auch wenn sie sich kein Bild davon machen konnte.

Wann habe ich mir wohl zum allerersten Mal einen Fahrschein an einem Automaten gekauft?, fragte sie sich. Als Kind? Hatte ich damals Herzklopfen? Angst, dass es nicht klappen würde? Dass die Münzen darin verschwänden, ohne dass der Automat einen Fahrschein ausspuckte? Und war ich dann stolz gewesen, mit der Fahrkarte in der Hand? Wie lange gab es überhaupt schon Fahrkartenautomaten im öffentlichen Nahverkehr? Noch dazu in einem kleinen Nest in Nordrhein-Westfalen, in dem sie wohl aufgewachsen war?

Und plötzlich fiel Christine auf, dass sie gar nicht wusste, ob sich in ihrem Portemonnaie Geld befand. Sie hatte es nicht überprüft, nur daran gedacht, den Schlüssel einzustecken, von dem Marion gesagt hatte, es sei der zu ihrer Wohnung. Seit Tagen hatte sie kein Geld benötigt, doch jetzt, draußen, unter so vielen Menschen, fühlte sie sich mit einem Mal ausgeliefert, auf freier Wildbahn – weder geschützt durch das Krankenhauszimmer noch behütet in Marions Wohnung. Gefährliches Terrain. Hier draußen brauchte man Geld. Eigentlich verwunderlich, tagelang ohne ausgekommen zu sein.

„Du brauchst keinen Fahrschein", sagte Grit, „du hast eine Monatskarte. In deinem Geldbeutel. Damit fährst du immer zum Institut."

Christine sah nach. Tatsächlich, zwischen etlichen Plastikkarten, die sie nicht zuordnen konnte, steckte ein gültiges Monatsticket. Sie musste vorerst also nicht ausprobieren, ob sie noch einen Automaten bedienen konnte, obwohl sie sich fragte, ob es nicht vielleicht am besten wäre, alle Fähigkeiten, die sie vormals gehabt hatte, einfach der Reihe nach an einem einzigen Tag zu testen. Würden vierundzwanzig Stunden dafür ausreichen? Schwimmen, Radfahren, ein Auto lenken, ein Regal bauen, einen Computer bedienen, Fremdsprachen sprechen, einen Weihnachtsbaum schmücken, wissenschaftliche Texte verfassen, Karten spielen, Kuchen backen, Wände streichen, die Französische Revolution erklären, eine Waschmaschine anschließen, lieben. Sex. In ihrem Portemonnaie befanden sich zwölf Euro und vierunddreißig Cent. Damit kam man nicht weit. Dass sie das Zählen verwunderlicherweise noch beherrschte, war ihr bereits im Krankenhaus aufgefallen. Offenbar auch das Addieren. Sie konnte sich sogar an den Wert des Geldes erinnern, dass vor einigen Jahren die Währung umgestellt worden war, und daran, wie sich ein Geldschein anfühlte.

Der Anblick der Monatskarte beruhigte sie. Grit hatte gesagt, sie besitze ein solches Ticket – und sie besaß es nicht nur wirklich, sondern es befand sich darüber hinaus auch am genannten Ort. Gültige Monatskarte, gültiges Leben. Es war so wie vor dem Unfall und selbst, wenn es nur ein winziges und unwichtiges Detail war, in diesem Moment bedeutete es für Christine vor allem eines: Verlässlichkeit. Sie existierte wirklich.

„Kannst du denn noch U-Bahn fahren?", fragte Grit ein wenig belustigt. „Oder hast du vergessen, wie es geht?"

„Mal sehen", antwortete Christine. *Vergessen, wie es geht.* Christine hatte die Menschen um sich herum vergessen, aber sie wusste noch, wie die meisten Tätigkeiten auszuführen waren.

Die einfahrende gelbe U-Bahn war ihr nicht fremd. Das Öffnen der Türen, die Lautsprecherdurchsage – „Einsteigen bitte!", „Zurückbleiben bitte!" –, die Anordnung der Sitzbänke. Ebenso bekannt schien ihr der Nahverkehrsplan Berlins, der an die Decke des Waggons geklebt war. Christine betrachtete das Muster aus bunten Linien. Sie war sich ganz sicher: Darauf hatte sie oft geblickt, unzählige Male, als wäre der Plan ein abstraktes Gemälde, das schon seit vielen Jahren in ihrem Wohnzimmer hing und sich ihr unauslöschlich eingeprägt hatte. Das Muster der U- und S-Bahnlinien, die sich an manchen Punkten kreuzten, war ihr vertrauter als ihr eigenes Gesicht, als ihre Kleidung oder die Form ihrer Fingernägel. Als das Gesicht Marions. Sie starrte zur Decke des Waggons, auf die Namen der einzelnen U-Bahn-Stationen, und fragte sich, ob sie etwas mit ihnen verband. Und gerade, als sie bei einem Namen das Aufblitzen einer Erinnerung zu spüren glaubte, noch bevor sie hätte sagen können, woran, zog Grit sie mit den Worten „komm, wir setzen uns" am Arm und führte sie zu zwei freien Sitzplätzen.

Christine wäre lieber stehen geblieben. Plötzlich hatte sie das Gefühl, sie würde sich nicht mehr aus der U-Bahn retten können, sobald sie säße, dass sie dann bis in alle Ewigkeit dort eingezwängt wäre.

„Na komm schon", sagte Grit, die ihr Zögern bemerkte, „ich will nicht die ganze Zeit stehen."

Christine nahm widerwillig neben ihr Platz. An der Glasscheibe, die sich hinter den gegenüberliegenden Sitzplätzen befand, entdeckte sie einen schmierigen Fleck, dort, wo zuvor vermutlich ein ungewaschener Kopf gelehnt hatte. Fettige Haare, die sie nicht sah, sich aber vorstellte. Ihr wurde leicht übel. Am anderen Ende des Wagens sprach ein Mann laut und unkontrolliert mit sich selbst. Christine hatte Angst vor ihm und befürchtete, er könnte sich in ihre Richtung bewegen. Gleichzeitig fragte sie sich, ob er wohl wusste, wer er war. Wer er wirklich war.

„Wie lange dauert die Fahrt?", fragte Christine.

„Vielleicht eine halbe Stunde", antwortete Grit. „Alles in Ordnung mit dir?"

„Ja, ja, alles in Ordnung."

„Ich mag deine Wohnung", sagte Grit. „Ich finde es schade, dass du so selten dort bist und wenn, dann nur zum Arbeiten."

„Warum bin ich denn fast immer bei Marion?"

„Wahrscheinlich passt es zu eurer Beziehung." Grit machte eine Pause. „Aber das musst du wohl selbst herausfinden. In deiner Wohnung jedenfalls willst du deine Ruhe haben. Heiliges Territorium."

Christine sah zu Grit, um sich die Gesichtszüge der besten Freundin einzuprägen und um dem Anblick des fettigen Flecks auf der Glasscheibe zu entkommen.

Konnte sie nicht Grit lieben statt Marion? Grit hatte nicht solche scharf eingekerbten Falten von der Nase bis zum Mundwinkel wie Marion. Marion sah oft angestrengt aus, als wäre sie überfordert oder als hätte sie Kummer, den sie aber lieber verbergen wollte. In den vergangenen Tagen hatte sie alles für Christine getan, sie beherbergte sie, kochte für sie, war auf eine zurückhaltende Art liebe-

voll und sorgte dafür, dass es Christine gut ging. Ohne
Vorwarnung machte sich schlechtes Gewissen in Christine
breit, als ihr auffiel, dass sie trotz allem lieber Grit um sich
haben wollte. Seltsam, dass sie noch so gut wusste, was
schlechtes Gewissen war.

„Hatte ich früher oft ein schlechtes Gewissen?", fragte
sie. „Ich meine, vor dem Unfall?"

„Das ist erst eine Woche her", sagte Grit, „und du nennst
es früher."

„Für mich ist es früher. Sozusagen das letzte Jahrhundert.
Und alle Aufzeichnungen darüber sind verbrannt."

„Ja, du hattest früher oft ein schlechtes Gewissen. Viel
zu oft sogar, finde ich." Grit sprach nicht weiter. Offenbar
war sie der Ansicht, auch das möge Christine alleine herausfinden.

Grit bewirkte, dass Christine sich wohlfühlte, ohne dass
sie erklären konnte, woran es lag. Wenn sie die neue Zeitrechnung zugrunde legte, kannte sie ihre beste Freundin
erst, seit sie am Vormittag vor Marions Tür gestanden
hatte. Marion kannte sie viel länger, eine Woche, nach der
neuen Zeitrechnung entsprach das ihrem ganzen bisherigen Leben. Dennoch verspürte sie den beinahe quälenden
Wunsch, dass Grit und nicht Marion die nächste Zeit mit
ihr verbringen würde.

Die U-Bahn fuhr in die nächste Station ein. Der Mann
am anderen Ende des Wagens sprach noch immer mit sich
selbst. Grit berührte Christine am Arm.

„Wir müssen hier umsteigen", sagte sie. „Bald sind wir
da. Gleich bist du zu Hause."

6

Zu Hause. Als sie die Treppen der U-Bahn-Station hoch-
stiegen, auf denen ihnen ein unerwartet scharfer Wind
entgegenschlug, hatte Christine keineswegs das Gefühl,
zu Hause anzukommen. Vielleicht würde sie sich nie wieder daheim fühlen, an keinem Ort und bei keinem Menschen?

In diesem Moment machte Christine Hoffmann sich
zum ersten Mal mit dem Gedanken vertraut, dass ein
Zuhause sich verändern konnte. Dass sie möglicherweise
gezwungen sein würde, sich ein neues zu suchen, weil sie
sich an das alte nicht mehr erinnerte – nie mehr daran
erinnern könnte, so sehr sie sich auch bemühte –, oder
dass das alte Zuhause gar keines mehr wäre, selbst wenn sie
es wiederfände.

Grit überquerte mit schnellem Schritt die Straßen, beinahe ein wenig gehetzt, als wollte sie Christine von hier
wegbringen, in Sicherheit. Warum wollten alle sie schüt-
zen? Und wovor sollte sie eigentlich bewahrt werden? Sie
würde Grit danach fragen. Bald. Heute noch. Wenn sie
angekommen waren.

Eine ältere Frau kam ihnen entgegen, sah Christine
flüchtig ins Gesicht und dann wieder weg. Sie kam Christine bekannt vor, aber sie wusste nicht, woher. Frau Berger, dachte sie, ohne zu wissen, wie sie auf den Namen
kam. Ich sehe überall Frau Berger, eine ältere Frau mit
grauen Haaren, Dauerwelle, einem aus der Mode gekom-

menen, aber gut erhaltenen Mantel für die Übergangszeit und einer altmodischen Handtasche. Schon auf dem Weg von Marions Wohnung zur U-Bahn-Station hatte Christine auf der Straße geglaubt, sie zu sehen. Wer um Himmels willen war Frau Berger?

Sie überquerten den Kanal, um in die Liegnitzer Straße zu gelangen, wo Christine wohnte. Beim Anblick des braunen Wassers glaubte sie für einen kurzen Moment, sich an etwas zu erinnern, aber es war kein vollständiger Gedanke, schon gar kein deutliches Bild, und verschwand sofort wieder.

Vor einem Altbau mit unscheinbarer Fassade blieb Grit schließlich stehen. Christine hatte sich gerade darauf eingestellt, dass der Weg am Kanal entlang noch viel länger dauern würde, dass sie um die nächste Ecke bögen und um noch eine und noch eine und immer so weiter. Sie bedauerte, dass die kurze Reise schon zu Ende war.

Und sie war ein wenig enttäuscht. So gewöhnlich wie der Name Christine Hoffmann und ihr Gesicht war auch das Haus, in dem sie lebte. Aber sie lebte hier ja gar nicht richtig, vergegenwärtigte sie sich, sie lebte bei Marion und nutzte ihre Wohnung nur zum Arbeiten.

Grit deutete auf die Klingelschilder. „Hast du dich schon gefunden?", fragte sie.

„Ich habe mich überhaupt noch nicht gesucht", antwortete Christine grimmig. Es war gelogen, denn sie hatte sofort zu den Schildern geblickt, auf der Suche nach dem Namen Hoffmann, und ihn längst entdeckt. Wahrscheinlich hatte sie vor dem heutigen Tag niemals auf ihr eigenes Klingelschild gesehen. Wozu hätte sie dies auch tun sollen? Niemand blickte auf den eigenen Namen unten an der Tür, außer vielleicht beim Einzug, wenn er frisch dort angebracht wurde. Niemand musste sich vergewissern, noch vorhanden zu sein. Kein Mensch. Nur sie.

„Schließ auf", sagte Grit.

„Ich?"

„Na, wer denn sonst? Du wohnst doch hier."

Christine holte den Schlüsselbund aus der Jackentasche und betrachtete die einzelnen Schlüssel. Keiner davon kam ihr bekannt vor. In Christines Augen handelte es sich um außerordentlich hässliche Schlüssel und im selben Moment, als sie es dachte, erschien es ihr albern. Schlüssel waren nicht hässlich oder schön, sondern zweckmäßig. Diese hier waren dazu da, ihr Einlass in ihre Wohnung zu verschaffen, vor der sie Angst hatte. Plötzlich fürchtete sie sich so sehr, dass ihr dort unten vor der Tür schwindelig wurde und flau im Magen. Am liebsten hätte sie Grit gebeten, wieder umzukehren. Kaffee trinken zu gehen. Spazieren, stundenlang. Mit der U-Bahn zu Marion zurückzufahren. Oder zu Grits Wohnung, wo auch immer diese lag. Oder sonst wohin. Nur weg von hier und nicht dieses Haus mit dem abblätternden Anstrich betreten. Sie wusste nicht, was ihr lieber wäre: einzutreten und alle Gegenstände auf Anhieb wiederzuerkennen, vielleicht sogar die besondere Note Christine Hoffmanns, die sich in der Wohnungseinrichtung zeigen würde, oder genauso in der Fremde zu stehen wie bei Marion.

Im Hausflur roch es muffig und es war um etliche Grad kühler als draußen. Auf allen Briefkästen klebten *Bitte-keine-Werbung*-Schilder, auch auf ihrem. Es waren so viele Kästen und Namen, dass sie eine Weile brauchte, um ihren zu finden.

„Willst du nicht hineinsehen?", fragte Grit. „Immerhin warst du eine Woche nicht hier."

„Später", sagte Christine. Sie sah weg, beachtete den Briefkasten nicht weiter. Es war noch entschieden zu früh dafür, eine Person zu sein, die Post erhielt.

Oben in der dritten Etage, als Grit sagte „hier wohnst du", blickte Christine zum Boden und dachte als Erstes: Was für eine geschmacklose Fußmatte! Erneut bestand Grit darauf, dass Christine selbst aufschloss, und Christine fragte sich, ob es sich hierbei um eine Art Therapie handeln sollte.

Sie gingen in die Küche, die direkt neben der Wohnungstür lag. Die Küche war aufgeräumt und zeugte nicht davon,
dass in letzter Zeit darin gekocht worden wäre. Blick in den
begrünten Hinterhof, auf Mülltonnen und Fahrräder, eine
Kastanie. Jemand hatte zwei gut gepflegte Zimmerpflanzen
in den Hof gestellt. Dass die Yuccapalme und der Kaktus
frische Luft bekommen sollten, rührte Christine. Auf ihrer
Küchenfensterbank stand ein Topf mit welkem, schlaffem
Basilikum. In den Schränken nur wenige Vorräte. Nichts
Ungewöhnliches. Nudeln, Reis, rote Linsen, keimende
Kartoffeln, eine Zwiebel. Keine Süßigkeiten. Im Kühlschrank abgelaufene Milch, abgelaufener Joghurt, Butter,
eine angebrochene Flasche Weißwein, Salami, Käse, ein
Stück Parmesan, zwei verschrumpelte Karotten. Christine
sah sich prüfend um, auch, als sie durch die anderen beiden Räume schritt. Grit folgte ihr und beobachtete sie. Ein
Schlafzimmer, in dem ein Schreibtisch stand, ein ordentlich gemachtes Bett. Ein Wohnzimmer. Wie es schien, war
das Basilikum in der Küche das einzig Lebendige, das während ihrer Abwesenheit hatte leiden müssen.

Bücher, so viele Bücher in der kleinen Wohnung.
Bücherregale bis zur Decke, auch im Flur, deren Anblick
Christine fast erschlug. Das Wort „Bücherwurm" kam
ihr in den Sinn. Sie strich über die Buchrücken, überflog
die Titel, zog einige heraus. Hauptsächlich Wissenschaft,
außerdem Romane und Krimis. Ein braunes Ledersofa.
Darauf lagen, wie Grit angekündigt hatte, tatsächlich so
viele Zettel, Bücher und Notizen, dass es keinen freien
Fleck zum Sitzen gab.

Christine stand eine Weile davor und wagte nicht, auch
nur ein einziges Stück Papier beiseite zu räumen. Als
gehörte das Sofa jemand anderem, nicht ihr, als brächte sie
mit jedem Fingerschlag, und sei er auch noch so vorsichtig,
eine ihr unbekannte Ordnung durcheinander. Als träte sie
jemandem zu nahe und würde in ein fremdes Intimleben
eindringen.

„Ich möchte eigentlich nicht die ganze Zeit stehen", sagte Grit ein zweites Mal an diesem Tag. „Räum doch mal das ganze Zeug weg!"

„Räum du es weg", sagte Christine. „Ich weiß nicht, wohin, und ich weiß auch nicht, wie."

„Ich? Aber ich bringe doch alles durcheinander. Das wäre eine Katastrophe für dich."

„Du kannst gar nichts durcheinanderbringen. Ich erkenne doch sowieso nichts wieder. Und du weißt bestimmt, wie Christine Hoffmann es gemacht hätte."

„Das klingt gerade so, als würde Christine Hoffmann nicht mehr unter den Lebenden weilen", sagte Grit. „Wart's nur ab. Dir fällt schon früh genug alles wieder ein. Genieße so lange lieber die süße Zeit des Vergessens."

Grit legte, das spürte Christine, absichtlich diesen beruhigenden und auch heiteren Ton in ihre Stimme. Aber er entsprach nicht Grits Blick, dem Zweifel darin, der nicht wegzulächeln war. Es dauerte nun bereits länger als eine Woche. Die Ärzte hatten gesagt, nach ein paar Tagen kehre ihr Gedächtnis zurück und alles sei so wie vorher. Über eine Woche, das war mehr als ein paar Tage. Die Frist war verstrichen. Christine Hoffmann war überfällig.

„Ich muss Marion anrufen", sagte Christine.

„Wieso?", fragte Grit. „Warum ausgerechnet jetzt?"

„Weil ich ein bisschen hier bleiben möchte. In meiner eigenen Wohnung. Zumindest eine Weile. Am liebsten mit dir. Am liebsten hätte ich, wenn du mir mehr über mich erzählst. Hier. Aber ich fürchte, ich habe Marions Telefonnummer vergessen."

„Wenn du alles andere vergessen hast", sagte Grit, „warum hättest du dir ausgerechnet ihre Telefonnummer merken sollen? Sie ist im Übrigen in deinem Apparat gespeichert. Aber sie ist bestimmt noch gar nicht zu Hause."

Christine rief Marion an, die tatsächlich noch nicht zu Hause war, wie Grit vermutet hatte. Sie sprach auf den Anrufbeantworter, auch das beherrschte sie noch. „Hallo, hier ist Christine", begann sie und seit einer Woche war es das allererste Mal, dass sie es aussprach, dass sie sagte: Ich bin es. Sie teilte Marion mit, dass sie heute in ihrer Wohnung bleiben wolle, zusammen mit Grit.

Dann ging sie ins Badezimmer. Dort sprang sie überall das Wort *empfindlich* an: Gesichtscreme für empfindliche Haut. Shampoo für strapaziertes, empfindliches Haar. Zahnpasta für empfindliche Zahnhälse. Cremedusche, besonders geeignet für die sensible Haut. Christine blickte in den Spiegel. An ihren leicht schiefen Mund hatte sie sich inzwischen gewöhnt. Sie strich über ihre Wange, viel grober, als Marion dies immer tat, und befand, sie habe keine empfindliche Haut. Sie verspürte eine große Sehnsucht danach, normal zu sein und nicht übersensibel. Dann erinnerte sie sich an das Kratzen der Wolldecke auf Marions Sofa.

Über der Badewanne hing ein Duschvorhang mit Fischen. Er passte zu dem Schlafanzug, der Marion gehörte und den Christine im Krankenhaus getragen hatte. Fledermaus. Fische. Auf dem Badewannenrand standen zwei kleine Plastiktiere, ein Oktopus und ein Fisch, freundlich einander zugewandt, wie in ein Gespräch vertieft. Auch auf dem Badewannenrand in Marions Wohnung gab es solche Plastiktiere und zwar genau die gleichen. Ein Oktopus und ein Fisch. Entweder hatten alle Menschen Spielzeug im Bad, was Christine bezweifelte, oder Liebesbeziehungen näherten sich im Laufe der Jahre unweigerlich einander an, immer mehr und immer weiter, bis sie schließlich verschmolzen, züchteten zusammen gleiche Vorlieben, gleichen Geschmack heran.

Wie es schien, hatte Christine außer ihrer Biografie auch jede kindliche Neigung, die früher in ihr geschlummert haben mochte, vergessen. Sie ging in die Küche, in der Grit am Tisch Platz genommen hatte, nahm einen Hocker und trug ihn ins Badezimmer. Dort stellte sie ihn vor die Wanne, stieg darauf und wollte den Duschvorhang entfernen, aber dann, als sie an den ersten der Ringe fasste, mit denen er an der Stange befestigt war, kam es ihr so vor, als vergriffe sie sich an fremdem Eigentum. Irgendeine Person musste schließlich Duschvorhänge mit Fischen darauf mögen und sich deshalb einen aufgehängt haben. Der Hocker war klapprig, die Sitzfläche, auf der Christine stand, klein, und zudem war der Fußboden uneben. Wenn sie jetzt herunterfiele, auf den Kopf, vielleicht würde dieser zweite Sturz ihrem Gedächtnis auf die Sprünge helfen? Mit der einen Hand hielt Christine den Vorhang, mit der anderen den Ring und wusste, mit beiden Armen hoch erhoben, nicht, was sie tun sollte.

„Fall bloß nicht runter!" Grit stand plötzlich im Badezimmer, ohne dass Christine sie hatte kommen hören. Sie wäre tatsächlich fast gestürzt, als sie sich zu ihr umdrehte, und plötzlich fielen ihr die Fische ein. Echte Fische. Lebendige. Flache Fischkörper, beinahe zweidimensional, die, wenn ein bestimmtes Licht auf sie schien, ihr Inneres preisgaben. Im Licht waren sie nahezu durchsichtig. Ihre kräftigen Rückengräten waren deutlich zu erkennen, die Organe. Hatte Marion nicht gesagt, Christine besuche hin und wieder das Aquarium? Hatte Marion nicht auch erwähnt, Christine leide manchmal unter Depressionen? Sie hatte es freundlicher ausgedrückt, harmloser, aber nichts anderes gemeint. Auch die nach unten weisenden Mundwinkel der Frau, die ihre Mutter war, fielen Christine in diesem Moment, als sie auf dem Hocker stand, ein. Die durchscheinenden, flachen Fische, die obszön ihr Innenleben präsentierten, schwammen durch ihren Kopf. Ihr Gehirn auf den Röntgenbildern, sichtbar für alle. Hatte sie kürzlich von solchen Fischen geträumt? Im Krankenhaus?

„Was um Gottes willen tust du da?", fragte Grit, die immer noch in der Tür zum Badezimmer stand, und die Fische verschwanden so schnell, wie sie emporgetaucht waren.

„Umdekorieren", sagte Christine. „Wann habe ich mir nur so einen Duschvorhang angeschafft?" Sie wollte das

Bild der lebendigen Fische in ihrem Kopf um keinen Preis verlieren, sie wollte es zurückholen, im festen Glauben, dass es etwas zu bedeuten hatte. Doch es war bereits zu spät.

„Den hast du dir gar nicht selbst gekauft", sagte Grit. „Marion hat ihn dir geschenkt."

„Wann?"

„Vor ein paar Jahren, das weiß ich nicht mehr genau. Zum Geburtstag."

„Habe ich mich darüber gefreut?"

„Ja. Zumindest hast du es behauptet. Du hast ihn damals sofort aufgehängt und wir alle mussten ins Badezimmer kommen, um ihn zu bewundern."

7

Christine bewunderte den Duschvorhang nicht. Sie fand ihn abscheulich. Konnte sich der eigene Geschmack so grundlegend verändern? Und konnte überhaupt die Rede davon sein, dass sie augenblicklich über einen eigenen Geschmack verfügte? Bedurfte es dazu nicht einer Geschichte? Einer Vergangenheit?

Man kann die Gegenwart nicht ohne die Vergangenheit verstehen, dachte Christine.

Sie faltete den Duschvorhang eilig zusammen, warf ihn im Flur neben die Wohnungstür, öffnete sie, griff nach der Fußmatte und legte sie auf den Vorhang. Dann holte sie die alten Kartoffeln, den Topf mit dem Basilikum und die verschrumpelten Karotten aus der Küche und packte sie auch dazu.

„Was hast du damit vor?", fragte Grit, die ihr interessiert zusah.

„Sofort in den Müll", antwortete Christine.

„Heißt das, du räumst mit deinem alten Leben auf?"

„Wenn mein altes Leben aus einem Duschvorhang, einer Fußmatte und verdorrten Mohrrüben bestand, dann heißt es das wohl."

Plötzlich klingelte das Telefon. Christine erschrak, das Geräusch fuhr ihr durch Mark und Bein. Sie hatte nicht so bald damit gerechnet, dass es auch in ihrer Wohnung klingeln würde. Sie fühlte sich nicht verantwortlich, es war so, als handelte es sich gar nicht um ihr Telefon. Es sollte gefälligst aufhören, solchen Lärm zu machen.

„Geh schon ran", sagte Grit, als Christine immer noch keine Anstalten machte aufzustehen. „Vielleicht ist es wichtig."

Wichtig. Was sollte wichtig sein? Und selbst wenn, sie könnte sich nicht mehr daran erinnern, warum es wichtig wäre. Sie könnte sagen, sie werde es Christine Hoffmann ausrichten. Christine Hoffmann rufe sicher bald zurück.

Sie meldete sich mit einem vorsichtig fragenden, fast kläglichen: „Ja?"

Am anderen Ende war Marion, die soeben nach Hause gekommen war und Christine zu ihrem Entsetzen dort nicht vorgefunden hatte.

„Christine!" Marion klang aufgeregt, aber auch erleichtert. „Wieso hast du mir denn nicht Bescheid gesagt?"

„Aber das habe ich doch", sagte Christine kleinlaut. Das schlechte Gewissen meldete sich wieder. Wurzelte es so tief in der Seele, dass es zu vergessen einfach nicht möglich war? So ähnlich wie Hunger und das Bedürfnis nach Schlaf und nach Liebe? Verspürte Christine überhaupt ein Bedürfnis nach Liebe? Sie hatte nicht den Wunsch, eine andere Person zu berühren. Nicht einmal sich selbst, höchstens um zu erkunden, wer in ihrer Haut steckte.

„Ich habe dich überall gesucht, in der ganzen Wohnung, auf dem Balkon. Sogar im Keller." Marion fing an zu weinen. „Ich dachte, du wärst einfach weggelaufen, irgendwohin ... deinen Anruf habe ich erst später gehört. Du kannst dir gar nicht vorstellen, wie viel Angst ich um dich hatte, als du nicht da warst!"

„Es tut mir leid", sagte Christine.

Daraufhin entgegnete Marion: „Schon gut." Ihre Stimme wurde wieder weich. Sie war so geduldig mit ihr, dass Christine sich schämte. „Meinst du nicht, es ist noch viel zu früh?", fuhr sie fort. „Meinst du nicht, wir hätten besser zusammen zu deiner Wohnung fahren sollen? Du musst doch erst mal zu dir kommen nach dem Unfall."

Marion weinte immer noch und Christine konnte es förmlich sehen. Sie konnte sich sogar daran erinnern, wie es sich anfühlte, das leichte Brennen auf der Haut, der salzige Geschmack, wenn die Tränen die Lippen erreichten, die laufende Nase, die wütende Ohnmacht, die man dabei empfand, aber auch die gleichzeitige Erleichterung.

„Ich bin nicht alleine", sagte Christine. „Du musst dir keine Sorgen machen. Grit ist bei mir."

Marion schwieg. Christine hörte, wie sie sich die Nase putzte.

„Wann kommst du denn zurück?", fragte Marion dann. „Hast du deinen Schlüssel mitgenommen? Ich muss nachher noch mal weg, Konferenz in der Schule."

„Erst morgen. Ich bleibe heute hier. Du willst doch bestimmt auch mal deine Ruhe haben nach dieser anstrengenden Woche und dich nicht rund um die Uhr um mich kümmern."

„Ich habe unterwegs schon was fürs Abendessen eingekauft", erwiderte Marion. „Es sollte selbst gemachtes Pesto geben. Und Salat. Aber das können wir ja dann auch morgen essen."

Als Christine das Gespräch beendet hatte und wieder in die Küche ging, fragte Grit: „Wollte Marion, dass du heute zurück zu ihr fährst?"

„Wie kommst du darauf?"

„Ach, nur so." Grit wechselte schnell das Thema. „Du hast wirklich gar nichts hier, noch nicht mal ein Stück Schokolade."

„Schokolade?"

„Ach so. O je, ich verstehe, Herzchen, hast du etwa auch vergessen, was Schokolade ist? Süßigkeiten? Das kann man doch gar nicht vergessen!"

Als Christine gerade empört entgegnen wollte, dass sie sehr wohl noch wisse, was Schokolade sei, Marion hatte ihr schließlich welche gekauft und sie ihre Lieblingssorte genannt, klingelte das Telefon erneut. Christine erschrak wie beim ersten Mal und dachte, es wäre wieder Marion, um sie doch noch dazu zu überreden, nach Hause zu kommen.

Doch am anderen Ende meldete sich ein freundlich klingender Mann, der sich als Martin vorstellte. Christine lief mit dem Telefon durch die Wohnung, suchte fieberhaft nach einem Stück Papier. Sie scheute im ersten Moment davor zurück, eines vom Sofa zu nehmen, es auch nur anzurühren – die fremde Ordnung, die sie nicht durcheinanderbringen wollte –, musste dann aber doch zu einem dort liegenden Zettel greifen.

Wer ist Martin?, kritzelte sie darauf und gab den Zettel Grit.

Kollege von dir aus dem Institut, schrieb Grit darunter.

Jener Martin sagte, er habe sich Sorgen um sie gemacht. Marion habe im Institut angerufen und von Christines Unfall berichtet. Er fragte, ob es ihr denn wieder besser gehe. Wann sie wieder zur Arbeit komme. Ob sie sich über einen Krankenbesuch freuen würde. Ob sie einen Wunsch habe, was er ihr mitbringen solle. Die beiden Bücher vielleicht, über die sie kürzlich so lange gesprochen hätten? Und was aus ihrem geplanten Abendessen würde? Es laufe ihnen ja nicht weg, aber trotzdem, er freue sich schon so darauf. Sie könnten endlich in Ruhe über die weiteren Entwicklungen im Projekt reden, über seine Dissertation. Und ja, seine Kochkünste seien tatsächlich so hervorragend, wie er immer behaupte – an dieser Stelle lachte er auf eine Art, die Christine unangenehm war, obwohl sie seine junge Stimme mochte –, aber das wisse sie ja bereits vom letzten Mal. Diesmal habe er ganz besondere Pläne. Kulinarische. Ob er ihre Post aus dem Institut vorbeibringen solle.

Alle machten sich Sorgen um sie. Alle meinten es gut mit ihr. Marion schien ihrem Kollegen Martin nicht erzählt zu haben, wie es momentan um sie stand, denn er ging die ganze Zeit selbstverständlich davon aus, dass Christine wusste, wovon er sprach. Christine sagte, sie werde sich bald bei ihm melden, ihre Post brauche sie im Augenblick noch nicht, und beendete erschöpft das Gespräch.

Als das Telefon direkt im Anschluss ein drittes Mal an diesem Tag klingelte, verweigerte Christine, sich darum zu kümmern. Eigentlich bin ich ja gar nicht hier, dachte sie. Das Geräusch des Klingelns empfand sie als so grässlich wie ihre dunkelgraue Fußmatte und den Duschvorhang mit den albernen Fischen. Es war kein gewöhnliches Telefonklingeln, sondern eine Melodie, sie wusste auch, welche, oder sie dachte, dass sie es wüsste.

„Was ist das eigentlich für Musik?", fragte sie Grit. „Hilf mir mal auf die Sprünge."

„Das Klingeln?", sagte Grit. „Das ist ... das ist ... warte mal ... wenn ich mich recht entsinne ..."

Wenn ich mich recht entsinne. Wenn ich mich richtig erinnere. Es ist mir gerade entfallen, aber warte, ich komme gleich drauf. Augenblick. Gleich. Gleich fällt es mir ein.

Wer war Frau Berger, die Christine draußen überall zu sehen glaubte, die Frau mit der altmodischen Handtasche, der grauen Dauerwelle, dem leichten Graustich auch im Gesicht, dem Übergangsmantel, dessen Qualität so gut war, dass sie ihn jahrzehntelang tragen konnte, über alle Moden hinweg? Vielleicht kannte Christine den Mantel und gar nicht die Frau.

„Ich komme gleich drauf", sagte Grit.

Christine lachte.

„He, lach nicht so blöd!", sagte Grit grinsend. „Du wirst sehen, mir wird schon noch einfallen, welche Musik es ist. Vielleicht in einer Stunde. Oder in zwei. Wenn ich an etwas ganz anderes denke. Und so wird es bei dir auch sein. Dir wird alles wieder einfallen, ganz plötzlich, wenn du gar nicht damit rechnest und an etwas ganz anderes denkst. Zum Beispiel ans Essen. Wie wäre es, wollen wir essen gehen? Einen Salat?"

„Salat?" Christine fand die Aussicht, jetzt Salat zu essen, überhaupt nicht erfreulich. Ob sie früher, also vor gut einer Woche, Salat gemocht hatte? Und obwohl sie sich nicht an ihre Essgewohnheiten erinnern konnte, sagte ihr eine innere Stimme, dass Salat unbedingt allem anderen vorzuziehen war. Salat war gesund. Auch das wusste sie, so wie sie gehen und zählen und lesen und schreiben und sich an Vokabeln wie Bücherwurm, Kaktus und Duschvorhang erinnern konnte.

„Was willst du denn stattdessen?", fragte Grit. „Zum Kochen ist bei dir ja nicht viel da. Einkaufen wäre nicht schlecht. Es sei denn ..." Grit vollendete ihren Satz nicht.

„Es sei denn was?"

„Es sei denn, du ziehst wieder zu Marion und wohnst hier gar nicht richtig, sondern benutzt die Wohnung nur als Stellfläche für deine Bücher. Dann lohnt sich Einkaufen eigentlich nicht."

Was Grit sagte, deckte sich mit Marions Aussagen: Christine wohnte hier gar nicht richtig. Sie wohnte bei Marion. Ihre Wohnung war nutzlos und überflüssig und im Grunde brauchte Christine sie nicht. Vielleicht sollte sie den Verlust des Gedächtnisses zum Anlass nehmen, ihr Leben zu verändern. Vorhaben, die sie jahrelang vor sich hergeschoben hatte – die beide vor sich hergeschoben hatten, aus welchem Grund auch immer –, endlich anzugehen.

Sie würde wieder lernen, Marion zu lieben.

Christine musste nicht lange überlegen, was sie am liebsten essen wollte. Seit dem Erwachen im Krankenhaus, im gemeinsamen Zimmer mit der Hüftoperation, die ihr vom verpassten Mittagessen erzählt hatte, stand ihr der Sinn nach Kartoffelpüree. Danach hatte bedauerlicherweise keins mehr auf dem Speiseplan gestanden und Marion kochte italienisch. Christine lief das Wasser im

Mund zusammen, wenn sie an Kartoffelpüree dachte, und am liebsten wäre sie sofort losgelaufen. Ungezügelte Gier. Maßloses Verlangen.

„Nun, wenn es dich glücklich macht, essen wir auch Kartoffelpüree", sagte Grit, die über Christines plötzliche Eile verwundert war. „Allerdings hast du deine jämmerlichen fünf Kartoffeln ja weggeworfen. Wir werden jetzt also entweder einkaufen oder essen gehen müssen."

Wenn es dich glücklich macht. Was machte Christine Hoffmann glücklich? Wusste sie das noch?

8

„Was macht mich glücklich?", fragte Christine. „Weißt du das zufällig?"

Grit antwortete nicht und das beunruhigte Christine. So lange am Stück hatte sie den ganzen Tag nicht geschwiegen. Christine hörte sie atmen und schlucken. Ihren Blick hatte die Freundin überhaupt noch nicht gemieden – bis jetzt. Falsche Frage, dachte Christine, ich habe die falsche Frage gestellt. War die Frage nach Glück anstößig? War Glück womöglich etwas, worüber man besser nicht sprach, und sie hatte alle Konventionen vergessen? Dachte man am besten noch nicht einmal darüber nach? Andererseits hatte Marion durchaus laut von Glück gesprochen, nämlich dem Glück zwischen ihnen.

„Seltsame Frage", sagte Grit schließlich. Mehr nicht.

Doch Christine wollte dem Glück auf die Spur kommen, also versuchte sie es anders. „War ich vorher glücklich? Früher, bevor das passiert ist?"

Grit sah sie immer noch nicht an. Christine erwartete, dass die Antwort ausweichend ausfallen würde, dass es hieße, niemand könne dauerhaft glücklich sein. Zumindest glaubte sie sich zu entsinnen, dass es sich damit so verhielt. An das Gefühl hatte sie jedoch keine Erinnerung und deshalb drängte es sie, mehr darüber zu erfahren. Spätestens jetzt käme Grit nicht umhin, Phasen der Schwermut zu erwähnen, die Marion angedeutet hatte und die

Christine zurzeit ebenso fremd waren wie ihr Gegenteil, Glück. Spätestens jetzt müsste Grit es ansprechen.

Doch stattdessen fragte sie, ob Christine hungrig sei, ob sie einkaufen sollten, um ihre Vorräte aufzufüllen. Christine lauerte, glaubte in jedem Satz Grits eine Andeutung von Depression zu hören, von ihrer Neigung, sich schnell verlassen zu fühlen, fand aber nichts.

Auch damit war Marion nach anfänglichem Zögern, als hätte sie Christine damit lieber verschont, herausgerückt: „Man muss sich sehr um dich kümmern, Christine, sonst fühlst du dich zurückgewiesen. Du fühlst dich schnell verlassen." Bei diesen Worten war sich Christine unheimlich geworden und die Person, die sie eine Woche zuvor noch gewesen war, fremder denn je.

Vielleicht hatte sie zusammen mit allem anderen auch vergessen, wie menschliche Kommunikation funktionierte, ihre Regeln und Geheimnisse. Sie beherrschte zwar die Grammatik und das Vokabular, hatte aber möglicherweise verlernt, feine Zwischentöne zu deuten oder sie überhaupt zu erkennen. Vielleicht redete Grit schon die ganze Zeit über nichts anderes und sie war nicht imstande, es zu hören, wie bei einer zu hohen oder zu tiefen Frequenz, die sie plötzlich nicht mehr wahrnehmen konnte.

„Du bist kein einfacher Mensch", hatte Marion gesagt.

Was bedeutete das? Und gab es überhaupt einfache Menschen?

In einem gutbürgerlichen Lokal mit rustikaler Einrichtung kam Christine endlich zum ersehnten Kartoffelpüree. Sie hatte vorher gar nicht bemerkt, wie hungrig sie gewesen war, und machte sich gierig über den Kartoffelbrei und die Leber mit Zwiebeln und Äpfeln her. Grit sah ihr dabei zu, amüsiert und auch befriedigt, wie eine stolze Mutter, deren Kind es sichtlich schmeckt. Christine fühlte sich für einen kurzen Moment glücklich und sagte es Grit. Zumindest dachte Christine, dass es sich so ähnlich anfühlen könnte.

Grit lachte und nannte sie überaus bescheiden, wenn ihr Kartoffelpüree zum Glücklichsein reiche.

Danach gingen sie einkaufen. Den Supermarkt, ein paar Straßen von ihrer Wohnung entfernt, erkannte Christine nicht, aber zu Grits und ihrer eigenen Verblüffung bewegte sie sich trotzdem mit großer Selbstverständlichkeit darin. Ein Supermarktprofi. Sie wusste auf Anhieb, wo die Milch zu finden sein würde, das Gemüse, Nudeln. Allerdings war sie sich immer noch nicht darüber im Klaren, was sie gerne aß – es musste noch andere Favoriten außer Kartoffelbrei geben –, und packte wahllos viel zu viel in den Einkaufswagen. Sie dachte auch an Schokolade für Grit. In der Schlange vor der Kasse stand ein Mann so dicht hinter ihr, dass Christine seinen Atem und seine Körperwärme spüren konnte. War ihr Nähe dieser Art früher auch so unangenehm gewesen? Sie trat nach vorne, doch er schien immer wieder nachzurücken. An der Kasse legte sie die Waren geübt auf das Band und musste sich, wie sie erst jetzt bemerkte, von Grit Geld leihen.

Danach wollte sie unbedingt in eine Drogerie, um sich Shampoo für normales Haar und Creme für normale Haut zu kaufen.

Grit runzelte die Stirn und fragte: „Nicht für empfindliche Haut?"

Christine antwortete barsch: „Nein, für normale!"

Draußen begegneten sie keiner Frau, bei der es sich um die ominöse, graue Frau Berger hätte handeln können, was Christine beruhigte. Inzwischen wartete sie geradezu darauf, dass sie ihr jeden Moment über den Weg lief. Frau Berger. Sie erinnerte sich nicht. Marion, ihre Lebensgefährtin. Sie erinnerte sich nicht. Und Grit verriet ihr nicht, ob sie glücklich war.

Zu Hause klingelte das Telefon. Es war wieder Martin aus Christines Institut. Diesmal klang er besorgter als beim ersten Mal, fragte sie, ob wirklich alles in Ordnung sei, entschuldigte sich für seine Aufdringlichkeit, aber sie klinge so ... *anders* als sonst. Wie schon beim ersten Telefongespräch fiel Christine auf, dass er seine Worte mit Sorgfalt wählte, dass ein Satz schöner als der andere war. Ja, alles in Ordnung, versicherte sie und fühlte sich verpflichtet, sich für die kommende Woche mit ihm zu verabreden. Bis dahin müsste etwas geschehen. Oder sie müsste ihm alles erzählen. Dass sie sich nicht an ihn erinnern konnte, nicht an die Arbeit, nicht an Marion. Ob er Marion kannte? Vielleicht könnte er ihr ja auch helfen, sie langsam an die Arbeit heranführen. Wenn sie in einem Sonderforschungsbereich tätig war, musste sie in ihrem früheren Leben eine Begabung für die Wissenschaft gehabt haben. Sie würde wieder arbeiten gehen müssen, Geburtstage feiern, deren Datum sie genauso vergessen hatte wie die Geburtstagskinder, der Welt gegenübertreten, ein Teil von ihr sein. Sich erinnern.

Man kann die Gegenwart nicht ohne die Vergangenheit verstehen.

„Wer ist Frau Berger?", fragte Christine.

„Frau Berger?", sagte Grit. „Keine Ahnung. Du hast nie von einer Frau Berger erzählt. Wieso fragst du? Ist dir etwas eingefallen?"

„Ach, nicht so wichtig", sagte Christine. „Wahrscheinlich kenne ich sie von früher."

Das war gelogen. Die neue Christine Hoffmann war erst seit gut einer Woche auf der Welt und hatte so rasch das Lügen erlernt. Sie kannte Frau Berger nicht, war sich noch nicht einmal sicher, ob es sich bei ihr um eine wirkliche Person handelte. Vielleicht war sie die Verkörperung der Schwermut, Christine Hoffmanns ganz persönlicher Schwermut, und würde sie von nun an verfolgen, bis Christine sich diese dunklen Gefühle endlich eingestehen würde. Vielleicht war sie bereits im Krankenhaus in Erscheinung getreten, getarnt als Besuch eines Patienten. Dass ein von Kopf bis Fuß graues Wesen die Personifizierung der Schwermut war, erschien Christine plötzlich einleuchtend. Frau Berger war nicht real, sondern ein Zeichen.

Sie bat Grit, das Sofa freizuräumen. Keine einladende Sitzgelegenheit wie in Marions Wohnung, sondern eher ein zusätzlicher Schreibtisch. Grit weigerte sich zunächst strikt.

„Das geht nicht", sagte sie. „Ich bringe alles durcheinander. Du reißt mir den Kopf ab, wenn du dich wieder erinnerst, ich kenne dich doch."

Doch Christine bat weiter hartnäckig darum, bettelte Grit zuerst an und befahl es ihr dann. So berührte die beste Freundin schließlich äußerst widerwillig und mit spitzen Fingern die Bücher, Computerausdrucke, Aktenordner und Notizblätter, jedoch ohne sie von der Stelle zu bewegen.

„Los", sagte Christine, „mach es einfach."

„Na gut. Aber nur wegen der außergewöhnlichen Umstände. Wenn dir alles wieder einfällt und du dann die Bescherung siehst, wirst du drei Wochen nicht mehr mit mir reden."

„Kann ich mir nicht vorstellen", sagte Christine.

Aber was konnte sie sich schon vorstellen?

Sie sah Grit eine Weile dabei zu, wie sie mit vor Anstrengung angespannten Augenbrauen die Unterlagen vom Sofa räumte, einen Zettel und ein Buch nach dem anderen, und ging dann mit dem Telefon ins Schlafzimmer.

Das ist mein Schlafzimmer, dachte sie beim Betreten. Sie schloss leise die Tür und sah sich um. Der Schreibtisch sah so unübersichtlich und chaotisch aus wie das Sofa im anderen Raum. Ein zugeklappter Laptop stand darauf, vor dem sich Christine augenblicklich fürchtete.

Ist das mein Schlafzimmer?, dachte sie, mit dem Telefon in der Hand. Auf dem Bett lag eine orangefarbene Tagesdecke. Bett. Schweres Atmen. Schweiß. Nackte Haut. Hier hatte sie vermutlich nicht die vielen Nächte der letzten Jahre mit Marion verbracht. Acht Jahre. Rund 2900

Nächte. „Du wohnst doch sowieso fast bei mir", hatte Marion in den vergangenen Tagen mehrfach gesagt. Dieses Bett war ihr eigenes, gehörte nur ihr. Sie teilte es mit niemandem.

Christine setzte sich auf den äußersten Bettrand, ganz vorsichtig, wie eine Besucherin, die sich bemühte, die akkurat ausgebreitete Tagesdecke nicht mit hässlichen Knitterfalten zu verunzieren. Orange. Die Farbe erinnerte sie an etwas. Ein leuchtend orangefarbener Pilz, der in einem feuchten Keller an der Wand wuchs, mitten aus ihr spross, wie ein Geschwür, in einer unwirklich grellbunten Farbe, als entstammte er einem Traum oder einer künstlichen Welt. Es roch modrig dort unten im Keller. Christine blickte auf den Pilz, der gedieh und sich wohlzufühlen schien, und fragte sich, warum es der einzige an der Wand war.

Dann verschwand die Erinnerung so schnell, wie sie gekommen war. Christine rief Marion an, die sich nach dem ersten Klingelzeichen meldete.

„Hier ist Christine."

Ob sie sich jemals daran gewöhnen würde, dass sie so hieß? War es nach so vielen Jahren nicht überflüssig, ihren Namen zu nennen, weil Marion sicher sofort ihre Stimme erkannte?

„Ich hatte gehofft, dass du noch mal anrufst", sagte Marion mit besonders weicher Stimme.

„Musst du nicht zu einer Konferenz in der Schule?", fragte Christine.

„Erst später. Christine, ich bin so froh, dass du anrufst!"

„Ich habe nur eine Frage. Sagt dir der Name Frau Berger etwas? Ich habe auf der Straße eine Frau gesehen und glaube sie zu kennen. Grit weiß aber nicht, wer das sein soll."

„Frau Berger?" Marion schien nachzudenken. „Nein, noch nie gehört." Ihre Stimme klang jetzt merklich kühler. „Christine, ich hatte eigentlich gehofft, dass du dich doch noch besinnst und nach Hause kommst."

„Aber ich bin zu Hause", sagte Christine. „Zumindest steht mein Name an der Tür und unten am Briefkasten."

„Christine, du weißt ganz genau, was ich meine."

Warum sagte Marion so oft ihren Namen? War das nötig? Es behagte Christine nicht. Hatte sie es früher wohl auch schon getan oder erst jetzt, weil sie dachte, Christine müsste unentwegt daran erinnert werden, wie sie hieß, ihr Name müsste ihr eingehämmert werden, damit sie ihn bloß nicht wieder vergaß?

„Wir sehen uns morgen", sagte Christine. „Komm, lass uns nicht streiten."

Sobald ihr dieser Satz aus dem Mund geschlüpft war, erschien er Christine seltsam vertraut, eine Art guter alter Bekannter. Als hätte sie ihn in ihrem früheren Leben hundertfach gesagt oder gehört. Tausendfach. Millionenfach. *Komm, lass uns nicht streiten.* Wer wollte sich nicht streiten? Christine? Und warum nicht?

Streiten, hatte Grit gesagt, sei nichts weiter als Zeitverschwendung. Aber vielleicht sollte Christine es ausprobieren, um in Erfahrung zu bringen, wie es sich anfühlte, wenn sie schon dem Glück nicht auf die Spur kam.

Grit hatte alle Unterlagen und Bücher auf den Fußboden gelegt, in exakt derselben Anordnung, in der sie auf dem Sofa verteilt gewesen waren. Christine fragte sie, ob sie denn selbst glücklich sei, und erhielt als Antwort einen erstaunten und ungläubigen Blick, was ihre Vermutung bestärkte, dass es ungehörig sei, sich danach zu erkundigen. Grit blieb ihr auch darauf die Antwort schuldig.

Sie resümierte. Name: Christine Hoffmann. Alter: achtunddreißig. Eigenschaften: arbeitet gern, kann sich nur leider nicht erinnern, was. Kann die Farbe Grün nicht leiden. Liebt Frauen, seit acht Jahren Marion. Leidet möglicherweise an depressiven Verstimmtheiten. Nein, sogar sehr wahrscheinlich. Weiß nichts über ihre Herkunft, obwohl ein entlegener Winkel ihres Gehirns ihr sagt, dass die Her-

kunft von großer Bedeutung ist. Beste Freundin heißt Grit
und lacht angenehm. Ein orangefarbener Pilz in einem
Keller, der nach Schimmel riecht. Eine graue Frau Berger.
Ein Arbeitskollege namens Martin. Lauter Unbekannte.

9

Unbekannt blieb für sie auch ihr Körper, noch knapp zwei Wochen nach dem Unfall, so sehr sie sich auch bemühte, sich mit ihm anzufreunden. Ein durchaus passabler Körper, das hatte sie rasch festgestellt, wenngleich ihr an Marion und Grit Details auffielen, die sie attraktiver fand. Manchmal verglich sie ihr Aussehen mit dem der beiden Frauen und fragte sich, ob sie damit wohl die vergessene Pubertät im Schnellverfahren nachholte. Erstaunlich, dass sie schon achtunddreißig Jahre in diesem Körper verbracht hatte, ohne eine einzige Erinnerung an ihn zu haben, weder an Schmerzen noch an Freude oder Lust, ohne etwas mit der Narbe an der Stirn zu verbinden oder mit der Blinddarmnarbe, die leicht wulstig verheilt war. Erinnern konnte sie sich auch nicht an die ersten pubertären Veränderungen ihres Körpers und ob sie sie erschreckt oder verstört hatten, nicht an erste unvermeidliche Erscheinungen des Alterns, Falten unter den Augen und vereinzelte graue Haare.

Christine stand in Marions Badezimmer unter der Dusche. Kurz zuvor war Marion zur Schule gefahren und hatte sich so liebevoll von ihr verabschiedet, wie sie es seit fast zwei Wochen täglich tat. Ihre Fürsorge war wohltuend beständig und Christine hatte sich nach so kurzer Zeit daran gewöhnt. Zugleich fragte sie sich, ob sie so viel Aufmerksamkeit verdient habe, denn sie brachte Marion nichts Vergleichbares entgegen. Sie küsste sie nicht, nur

manchmal auf die Wange. In Marions Augen glaubte sie
Verlangen nach anderen Küssen zu erkennen, nach leiden-
schaftlichen, tiefen. Christine jedoch empfand keine Sehnsucht danach.

Manchmal versuchte sie, sich einen solchen Kuss vorzustellen, wenn sie neben Marion auf dem Sofa ein sich küs-
sendes Paar im Fernsehen sah. Sie schwiegen dann beide
einen Moment, ein unangenehmes, betretenes Schweigen,
in das sich Peinlichkeit mischte, und taten so, als gäbe es
dort auf dem Bildschirm keinen Kuss. Meist fand Marion
als Erste die Sprache wieder und erzählte, was tagsüber in
der Schule passiert war, dass sie noch Klassenarbeiten korrigieren müsse und was es am nächsten Tag zu essen gebe.

In solchen Momenten betrachtete Christine ihre Lebensgefährtin verstohlen von der Seite und fragte sich, ob sie
lieber einen Mann küssen wollte, doch das konnte sie
sich ebenso wenig vorstellen, wie ihre Arme um Marion
zu schlingen und sie an sich zu ziehen. Sie versuchte, an
etwas anderes zu denken, beispielsweise daran, warum sie
sich eigentlich die Schuhe alleine zubinden konnte, wenn
sie doch das Wesentliche, nämlich sich selbst, vergessen
hatte. Dann endlich war der Kuss im Fernsehen vorüber,
die Szene hatte gewechselt und Christine und Marion ent-
spannten sich wieder.

Christine legte unter der Dusche die Hände auf ihre
Brüste. Sie waren empfindlich, aber diese Empfindlich-
keit schien von Christine weit entfernt zu sein und nichts
mit ihr zu tun zu haben. Sie wünschte sich keine anderen
Hände darauf, obwohl sie es vielleicht einmal gemocht
hatte. Sie hatte früher nicht nur ihre eigenen Brüste angefasst. Das Gefühl sickerte in ihre Finger, die ein wenig zu
kribbeln begannen. Beinahe ein vertrautes Gefühl. Aber
vielleicht stieg die Erinnerung auch bloß wegen ihrer eigenen Brüste empor, die Christine im vergangenen Leben
unzählige Male berührt haben musste, sachlich und flüchtig beim Duschen, prüfend mit der Frage, ob sie sie gern

hatte, manchmal vielleicht liebevoll. Sie erinnerte sich an abschätzige Begriffe. Titten. Möpse. Viel Holz vor der Hütte. Flach wie ein Brett. Sie hatte Marion in den vergangenen zwei Wochen nicht nackt gesehen und sich ihr selbst auch nicht unbekleidet gezeigt. Am liebsten hätte sie Marion gefragt, ob sie im vorigen Leben verklemmt gewesen sei, wagte es aber nicht. Depressionen und der Hang, sich verzweifelt an die Freundin zu klammern, aus der immerwährenden Angst heraus, von ihr verlassen zu werden, reichten ihr fürs Erste.

Der Oktopus und der Fisch auf Marions Badewannenrand standen nah beieinander, wie Christine jetzt bemerkte. Sie rückte sie weiter voneinander weg. Dabei stellte sie sich vor, sie wäre der Oktopus und Marion der Fisch, denn ein Oktopus schien am besten zu den Informationen zu passen, die Marion ihr über sie gegeben hatte: viele Arme, mit denen sie sich an der Freundin festzuklammern versuchte.

Nach dem Duschen stand sie eine Weile vor Marions Kleiderschrank. Darin hatten sich schon allerlei Kleidungsstücke von ihr befunden, bevor sie gemeinsam mit Marion noch mehr aus ihrer Wohnung geholt hatte.

Marion sagte ihr jeden Tag, dass sie auch gerne etwas von ihr tragen könne, dass ihr dies sogar gefallen würde, da es ihre besondere Nähe zueinander unterstreiche, aber Christine bestand auf ihrer eigenen Kleidung. Da sie diese ebenso wenig wiedererkannte wie alles andere, waren nun an den Hosen, T-Shirts, Pullovern, sogar an der Unterwäsche und den Socken, mit Sicherheitsnadeln kleine Zettel befestigt, ähnlich wie in einer chemischen Reinigung, auf denen *Christine Hoffmann* stand. *Christine* oder auch nur *C* hätte Marions Ansicht nach ausgereicht, doch Christine war es wichtig, auch ihren Nachnamen zu lesen, sogar in Marions Kleiderschrank. Sofern sie es noch wusste, hatte Marion zusätzlich notiert, wann Christine es gekauft oder geschenkt bekommen hatte, beispielsweise: Frustrationskauf nach einem Konflikt mit dem Professor im Institut.

Geburtstag vor zwei Jahren. Zufällig dran vorbeigegangen, du wolltest es unbedingt haben. Christine überlegte, was davon vorteilhaft aussähe und was typisch für Christine Hoffmann. Sie erkannte noch nicht einmal die Kleidungsstücke, an denen laut Marion oder Grit früher ihr Herz gehangen hatte. Zum Erstaunen ihrer Freundinnen wählte sie jetzt oft zielsicher Dinge aus, die sie vorher kaum beachtet und nur selten getragen hatte.

Sie war nachmittags mit ihrem Kollegen Martin verabredet. Für eine Verabredung am Abend und eine Einladung zum Essen schien es ihr noch zu früh. Sie hatte beschlossen, ihm die Wahrheit zu sagen. Dass sie nicht wusste, wovon er sprach, würde ihm sowieso sehr bald auffallen, und so wollte sie ihm gleich reinen Wein einschenken. Sie war auf ihren Arbeitskollegen angewiesen. Wie auf alle Menschen um sie herum, mit denen sie vorher in enger Beziehung gestanden hatte.

Da sie nicht gewusst hätte, wie sie Martin in einem Café hätte identifizieren sollen, außer sie wäre viel früher als er erschienen und hätte darauf vertraut, dass er sofort an ihren Tisch getreten wäre, hatte sie seiner Einladung zu ihm nach Hause zugestimmt. Sie hatte eine Krankschreibung für insgesamt vier Wochen und wollte vorher auf keinen Fall zu ihrem Institut fahren. Ihre Angst war zu groß. Zwei Wochen nach dem Sturz, als sich in ihrem Kopf immer noch nicht das Leiseste regte, war sie nicht einmal sicher, ob sie überhaupt je zu ihrer Arbeit zurückkehren könnte. Auf ihrem Krankenschein stand: Gehirnerschütterung und temporäre Amnesie. Wie hoffnungsvoll, davon auszugehen, dass es nur ein vorübergehender Zustand war. Zu Marion wollte sie Martin auch nicht bitten, da sie keine Ahnung hatte, wie viel er von ihrer Liebesbeziehung wusste. Und ihre eigene Wohnung war ihr nach wie vor so fremd, dass sie außer Grit und Marion niemanden dorthin einladen wollte.

Martin stand in der weit geöffneten Tür und strahlte Christine an. Offenbar freute er sich, sie zu sehen. „Komm rein", sagte er, berührte ihren Arm und trat zur Seite.

Christine bemühte sich, ihn nicht allzu auffällig anzustarren. Er war einen Kopf größer als sie, schlank und dunkelhaarig, trug einen Bart an Kinn und Oberlippe und eine Brille. Einige Jahre jünger als sie. Christine hätte ihn gerne gefragt, wie alt er sei, aber natürlich musste er davon ausgehen, dass sie dies wüsste. Er sieht gut aus, dachte Christine. Ein junger Mann, der auf seine Kleidung und seinen Haarschnitt achtete.

Er führte sie in sein Wohnzimmer, bat sie, am Esstisch Platz zu nehmen, und verschwand. Christine sah sich im Zimmer um, wie sie zuvor Martin inspiziert hatte. Nichts. Keine Erinnerung. Es wunderte sie nicht. Wahrscheinlich hätte es sie sogar erschreckt, wäre ihr ein Zimmer plötzlich vertraut gewesen, eine Wohnung, ein Ort, ein Gesicht, ein Gefühl.

„Schön, dass du da bist", sagte Martin, als er mit Kaffee und Kuchen zurückkam. „Ich habe mir solche Sorgen um dich gemacht." Er sah ihr direkt in die Augen. „Und dann auch noch eine Verletzung am Kopf. Wenn Wissenschaftler eines brauchen, dann ist das ihr Kopf. Ich hätte dich gerne im Krankenhaus besucht, du hättest mir nur Bescheid sagen müssen. Geht es dir denn wieder gut?" Er verteilte Kaffee und Kuchen. „Du darfst das doch essen, oder?"

„Ja, mir geht es gut", antwortete Christine, betrachtete das Stück Torte auf ihrem Teller und fragte sich, ob sie es mochte. Es war nicht gelogen. Ihr tat nichts mehr weh. Die Kopfschmerzen waren einige Tage zuvor verschwunden und seitdem nicht mehr zurückgekehrt. „Aber ich hätte dir im Krankenhaus nicht Bescheid sagen können. Ich konnte mich nicht mehr an dich erinnern."

Martin stutzte zunächst und begann dann zu lachen. „Ich werde oft vergessen und übergangen", sagte er, „das war schon immer mein Problem."

Christine dämmerte, dass das Gegenteil der Fall war, dass er davon ausging, niemals vergessen oder übergangen zu werden. Ihr Kollege war ein Mensch, von dem Christine sofort annahm, dass es ihm an einem nicht mangelte: an Selbstvertrauen. Er strahlte es aus, es umwölkte ihn, genauso wie der leichte Duft nach Rasierwasser.

„Ich hatte alles vergessen", sagte sie.

„Dass du meine Einladung zum Essen gerne vergisst, weiß ich ja."

„Ich meine es ernst", sagte Christine. „Ich habe immer noch alles vergessen. Mein ganzes Leben. Ich bin vor zwei Wochen auf den Kopf gefallen, mit dem angeblich aber alles in Ordnung ist, und seitdem kann ich mich an nichts mehr erinnern. Es ist alles einfach weg. Ich weiß auch nicht mehr, wer du bist. Ich glaube, es ist mir zu mühsam, so zu tun, als wüsste ich es, als wüsste ich überhaupt irgendetwas. Deshalb wollte ich es dir lieber gleich sagen."

Martin blickte in seine Kaffeetasse und schwieg. Er schwieg so lange, dass es Christine unangenehm wurde und sie gerade fragen wollte, ob sie lieber wieder gehen solle. Plötzlich kam es ihr so vor, als fiele sie allen zur Last mit dem hässlichen Makel, mit der außerplanmäßigen Komplikation, nicht mehr zu wissen, wer sie war. Marion. Grit. Und jetzt auch noch ihrem Kollegen.

Dann blitzte in seinen Augen etwas auf. Für Christine sah es wie eine Erkenntnis aus, eine plötzliche Eingebung, wie das Sichtbarwerden eines Gedankens, der sich in dieser Sekunde formte.

„Gibt es so etwas überhaupt?", fragte er. „Ist das wirklich so? Du kannst dich an nichts mehr erinnern? An gar nichts?"

„Nein, an gar nichts", sagte Christine.

Und dann berichtete sie ihm von den vergangenen zwei Wochen. Vom Aufwachen im Krankenhaus in grüner Bettwäsche, von den Kernspintomografien ihres Schädels, von ihrer Zimmergenossin, der Hüftoperation, vom Besuch

ihrer Eltern aus Westfalen, von Marion – sie nannte sie
bewusst Lebensgefährtin –, von Grit, von ihrer eigenen
Wohnung, von ihrer Verwirrung, ihrer Angst, dass ihr
Gedächtnis sich für immer verabschiedet hatte, und sogar
von Frau Berger. Sie erzählte alles – nur die Fernseh-Küsse,
die sie neben Marion auf dem Sofa angesehen hatte,
erwähnte sie nicht.

Martin legte seine Hand auf ihre. Sie war angenehm
warm und groß. „Das ist ja schrecklich", sagte er. „Das ist
absolut schrecklich. Das tut mir so leid, Christine. Kann
ich dir irgendwie helfen?"

„Du könntest mir von der Arbeit erzählen", sagte Christine. „Das würde mir vielleicht wirklich helfen."

Martin war sogleich Feuer und Flamme. O ja, von der
Arbeit würde er ihr gerne erzählen, wenn sie wolle, könnten sie gleich damit beginnen, jetzt sofort. Er bot ihr jede
nur erdenkliche Hilfe an, heute und auch in Zukunft. Er
kam auf Vergleiche mit Komapatienten, denen man doch
am besten die Lieblingsmusik vorspielen solle oder andere
starke Schlüsselreize bieten, damit sie wieder zu sich kämen,
das habe er im Fernsehen gesehen.

„Deine Freundin Marion ist dir sicher eine große Hilfe",
sagte er. „Ich habe sie ja in den letzten Jahren ein paar Mal
gesehen und finde sie sehr nett. Da ist noch etwas anderes ... ich weiß nicht, ob jetzt der richtige Zeitpunkt dafür
ist."

„Etwas anderes?"

„Das ist nicht so einfach zu erklären, wenn du dich an
nichts mehr erinnern kannst. Du hast wirklich alles vergessen?"

„Ich habe alles vergessen. Komplett alles."

Martin zierte sich und Christine erwartete, weitere
Beschreibungen der Schwermut zu hören, des ganzen
Elends, das Marion immer nur andeutete, es dadurch aber
umso gewaltiger und plastischer machte; sie erwartete zu
hören, dass sie es auch bei der Arbeit sei, trübsinnig und

nicht ansprechbar, dass sie sich an andere klammere, um nicht verlassen zu werden, vor allem an Marion. Sie erwartete, dass Martin über all das Bescheid wusste, wenn er so etwas wie ihr Lieblingskollege war. Sie erwartete, dass er gleich sagen würde: Wie? Hast du etwa auch vergessen, dass du depressiv und schwierig bist?

Aber all das sagte Martin nicht. Stattdessen legte er wieder seine Hand auf ihre.

„Weißt du", begann er und kam nicht weiter. Was immer es war, es wollte nicht heraus. „Weißt du ..."

„Nein, das ist es ja gerade", sagte Christine, „ich weiß eben nicht. Ich weiß gar nichts."

„Dann weißt du auch das nicht mehr?", fragte Martin.

„Was?"

„Na ja, das."

„Was – *das*?"

„Du bist glücklich mit Marion. Es ist nicht richtig, zum jetzigen Zeitpunkt darüber zu reden, wenn alles so neu und verwirrend für dich ist. Es ist egoistisch. Vielleicht sollte ich damit noch warten, bis es dir wieder besser geht. Es hat noch Zeit."

„Worüber zu reden?", fragte Christine.

Alle wollten sie schonen und warten, bis es ihr wieder besser ging. Wann sollte dieser Zeitpunkt sein? Und vielleicht würde sie sich nie mehr erinnern und es ginge ihr folglich auch niemals besser? Würde sie dann für den Rest ihres Lebens von allen Menschen, die sie umgaben, geschont werden? Eigentlich hätte sie Martin gerne noch gefragt, woher er denn wisse, dass sie glücklich mit Marion sei, ob sie selbst es so ausgedrückt und das Wort Glück in den Mund genommen hatte.

„Über ... uns. Über uns zu reden."

Martin hatte seine Hand weggenommen, sah ihr aber immer noch unentwegt in die Augen. Christine glaubte, ein leichtes Erröten auf seinen Wangen auszumachen. Er nahm seine Brille ab und legte sie auf den Tisch. *Über uns reden.* Gab es ein „über-uns" zwischen ihrem Kollegen Martin und ihr? Ein Uns, ein Wir, das hinausging über Freundlichkeit bei der Arbeit?

„Nun, es ist seltsam für mich, dass du dich nicht mehr erinnerst", fuhr er zögerlich fort. „Du erinnerst dich wirklich nicht? An gar nichts?"

Christine fragte sich, wie oft er sich dessen noch vergewissern wollte, und wurde ärgerlich. Sie hatte ihm doch bereits alles ausführlich erklärt. Aber sie konnte es sich nicht erlauben, ärgerlich auf jemanden zu sein, den sie dringend brauchte. Außerdem schämte sie sich, wenn sie es immer und immer wieder sagen musste: Ich kann mich nicht erinnern. Ich habe alles, was mich ausmacht, vollständig vergessen. Mein Gedächtnis ist eine einzige, große Lücke, ein schwarzes Loch. Zwei Wochen schon und keine Besserung in Sicht. Als stimmte etwas mit ihrem Kopf nicht, als wäre sie eine Verrückte. Und allmählich glaubte sie auch, dass die anderen, ausgenommen Grit, sie genau so behandelten: wie eine Verrückte. Wie jemanden, dem der Verstand abhanden gekommen war und vor dessen unberechenbaren Reaktionen man sich in Acht nehmen musste.

Vielleicht dachten Marion und Martin, sie könnte einen Tobsuchtsanfall bekommen? Einen Nervenzusammenbruch? Aus dem Fenster springen? Vielleicht ging Marion deshalb so vorsichtig mit ihr um und es war nicht allein eine Sache der Liebe?

„Ich erinnere mich wirklich an nichts", sagte Christine. Es war ungerecht, ärgerlich auf ihn zu werden, denn er war mit ihrer Situation erst seit einer halben Stunde konfrontiert und sein wiederholtes Nachfragen nur allzu verständlich. „An gar nichts. Was willst du mir denn nun eigentlich sagen? Gibt es etwas Wichtiges, das ich unbedingt wissen muss?"

Statt zu antworten, stand Martin auf, ging um den Tisch herum und stellte sich hinter Christine. Er legte eine Hand auf ihre Schulter und ließ sie einen Moment dort liegen. Dann wanderte er im Zimmer herum, auf und ab.

„Das macht mich nervös", sagte Christine. „Kannst du dich nicht wieder hinsetzen? Ist es etwas Schreckliches?"

„Nein", sagte Martin und setzte sich wieder, ihr gegenüber. „Eigentlich ist es sogar etwas Schönes. Aber es würde alles durcheinanderbringen und das kannst du jetzt wohl am allerwenigsten gebrauchen. Ich nehme an, du bist auch so schon durcheinander genug."

Das hatte die Hüftoperation im Krankenhaus auch gesagt und großes Verständnis dafür gezeigt. Christine sei sicher sehr durcheinander.

„Ich bin ziemlich durcheinander, ja. Aber ein bisschen mehr schadet jetzt auch nicht mehr."

Christine hörte es schon: Depressionen. Vielleicht war sie manchmal so niedergedrückt, dass sie tagelang nicht zur Arbeit erschien? Vielleicht machte sie nicht nur sich selbst, sondern auch ihren Mitmenschen das Leben schwer und das schon seit Jahren? Vielleicht verdarb sie anderen permanent die Laune? Sie hatte den Trübsinn vor Augen, ein Bild von sich, wie sie tagelang in derselben Kleidung dasaß, ohne sie zu wechseln, bis sie zu stinken begann, ihre Post nicht aus dem Briefkasten holte. Taten deprimierte Menschen so etwas nicht?

Aber nein – Martin hatte von etwas Schönem gesprochen. Er musste etwas anderes meinen. Und vielleicht kannte er Christines dunkle Seiten auch gar nicht.

„Du und ich ...", begann er und sprach erneut nicht weiter.

„Was ist mit uns?"

„Dass du meine Einladungen zum Essen nie angenommen hast, stimmt nicht. Wir haben schon oft miteinander gegessen. Und wir sind uns näher gekommen. Wir sind uns sogar sehr nah gekommen."

„Wie nah?", fragte Christine.

Sie ahnte, was er damit sagen wollte, konnte es aber gleichzeitig nicht glauben. Seit zwei Wochen lebte sie in der Gewissheit, dass sie mit Frauen schlief. Genau genommen mit einer Frau, mit Marion. Marion hatte es ihr erzählt und auch Grit hatte nichts Gegenteiliges behauptet, wenngleich sie sich beharrlich geweigert hatte, Christine die Frage, ob sie glücklich mit Marion sei, zu beantworten.

„So nah es nur geht. So nah, dass es über kurz oder lang deine Beziehung mit Marion ins Wanken hätte bringen können."

„Seit wann?", fragte Christine und direkt im Anschluss: „Wie oft?"

„Seit einem guten halben Jahr. Und getroffen haben wir uns vielleicht einmal die Woche. Oder alle zwei Wochen. Mal davon abgesehen, dass wir uns fast täglich im Institut sehen."

„Weiß irgendjemand davon?", fragte Christine. „Kollegen?"

„Nein."

„Marion?"

„Nein."

„Kennst du Marion gut?"

„Ich bin ihr nur ein paar Mal begegnet, Geburtstage und so. Institutsfeiern. Dabei war immer klar, dass sie der wichtigste Mensch für dich ist. Das ist immer noch klar und ich möchte jetzt auch nichts kompliziert machen. Jetzt in deiner Situation schon gar nicht."

„Hatte ich die Absicht, es Marion zu sagen?"

„Das weiß ich nicht. Aber ich glaube schon, irgendwann."

Zuerst hatte Christine sich an den Gedanken gewöhnen müssen, dass sie von Zeit zu Zeit unter Schwermut litt und sich zu sehr an Marion klammerte. Und nun eröffnete ihr Arbeitskollege ihr, dass sie seit einem halben Jahr ein heimliches Verhältnis mit ihm habe, obwohl Grit ihr gesagt hatte, dass sie sich seit fast zwanzig Jahren sexuell nur für Frauen interessiere. Wann hatten Martin und sie es getan? Tagsüber? Oder auch nachts? Waren es gar keine 2900 Nächte mit Marion gewesen?

In diesem Moment wünschte Christine sich nach Hause, wo immer das war. Sie blickte Martin an, in treuherzige, dunkle Augen, und fragte sich, ob sie sich vorstellen konnte, mit ihm nackt und verschwitzt im Bett zu liegen, ihn zu begehren. Ihn zu küssen, wie die Paare im Fernsehen, deren Anblick Marion und sie betreten schweigen ließen. Sie konnte es nicht. Sie konnte es sich genauso wenig vorstellen wie mit Marion und in diesem Moment wollte sie gar nichts mehr wissen. Nichts Neues, kein weiteres Detail darüber, wer Christine Hoffmann bis vor zwei Wochen gewesen war. Sie hätte Christine Hoffmann am liebsten nicht nur vorübergehend, sondern für immer vergessen.

10

Christine hätte sich an diesem Tag, nachdem sie von ihrem Besuch bei Martin verwirrt in Marions Wohnung zurückkehrte, nur allzu gerne wieder aus dem Gedächtnis verbannt. Aber es war nicht mehr möglich – obwohl sie sich andererseits ja tatsächlich vergessen hatte –, denn inzwischen waren zwei Wochen lang unterschiedlichste Informationen über ihre Person auf sie eingestürmt, die ihr nicht aus dem Kopf gingen. Beunruhigende Informationen. Es war nicht wie das Zusammensetzen eines Puzzles, das man gern ansah, die Teile ergaben kein schönes, harmonisches Bild. Christine Hoffmann war sich unheimlich. Mehr noch – sie mochte sich nicht.

Marion war noch nicht zu Hause, als sie kam. Einerseits war Christine darüber erleichtert, denn sie schämte sich. Sie wollte nicht, dass Marion sie in diesem Moment prüfend ansah, wie sie es meistens tat, um zu erkunden, wie es ihr ging. Manchmal sagte sie: Du siehst heute gut aus, mein Engel. Oder sie sagte: Du siehst müde aus, ruh dich aus. Es ist wohl alles ein bisschen viel für dich. Andererseits vermisste sie Marion und die winzig kleine Vertrautheit, die sich allmählich mit ihr eingestellt hatte.

Im Badezimmer betrachtete Christine die sich freundlich anblickenden kleinen Plastiktiere. Sie selbst hatte sie so hingestellt; manchmal platzierte sie sie weiter voneinander weg, manchmal enger beisammen, je nachdem, wie sie ihr Verhältnis zu Marion einschätzte. Sie hatte sich sogar gefragt, ob sie die identischen Plastiktiere auf ihrem eigenen Badewannenrand nicht auf genau die gleiche Weise aufstellen müsse, damit es Wirkung zeigte. Als Zeichen dafür, dass alles gut würde. Dass sie wieder lernen würde, Marion zu lieben. Das konnte doch nicht so schwer sein.

Jetzt drehte sie den Oktopus herum, so dass er dem Fisch den Rücken zuwandte. Besaßen Kraken überhaupt einen Rücken? Sie war der Oktopus und sie wollte Marion nicht ansehen, wollte sich wegdrehen, wollte keinen untersuchenden Blick über sich ergehen lassen.

Martin hatte weder das Wort Affäre noch ein vergleichbares benutzt, er war poetisch geworden, aber seine Andeutungen waren dennoch eindeutig gewesen, sogar für Christine Hoffmann. Wie es schien, hatte Christine die Regeln menschlicher Kommunikation nicht vollständig vergessen und auch nicht die eigentümliche Fachsprache der Liebe. Handelte es sich hierbei um Liebe? Christine wusste auch noch das Wort dafür: betrügen. Sie betrog ihre nichts ahnende Partnerin mit ihrem Arbeitskollegen, der einige Jahre jünger war als sie selbst, was sie, ganz nebenbei, zu der Vermutung brachte, dass sie beruflich kein allzu großes Licht war, hatte Martin doch in seinem Alter bereits das Gleiche erreicht. Er hatte ihr erzählt, wie bahnbrechend für die Wissenschaft seine Doktorarbeit sei. Vielleicht hatte sie gar nicht das Zeug zur Wissenschaftlerin und niemand sagte es ihr?

Allmählich glaubte sie an die von Marion attestierten depressiven Schübe, denn sie hatte, wie sie fand, allen Grund dazu. Laut Martin wusste niemand von ihrem Verhältnis mit ihm, noch nicht einmal ihre beste Freundin.

Doch würde Grit darüber reden, wenn sie es wüsste? Sie schwieg sich auch über Christines Beziehung zu Marion aus, erwähnte Marion nur, wenn es nicht zu vermeiden war, und dann immer seltsam tonlos, beinahe so, als langweilte es sie, ohne erkennbare Sympathie für Marion und bemüht, schnell wieder das Thema zu wechseln.

Am Abend des Tages, an dem Martin angedeutet hatte, dass sie eine heimliche Liaison miteinander verband, von der niemand Kenntnis hatte, auch nicht die anderen Mitarbeiter des Sonderforschungsbereichs, war Christine bei Grit zum Essen eingeladen.

„Susanne und Eva sind auch da", hatte Grit am Telefon gesagt. „Du musst unter Leute, Herzchen."

Das widersprach grundlegend Marions Strategie. Marion wollte, dass Christine ganz behutsam ihr neues Leben begann, dass nicht zu viele Eindrücke sie bedrängten, dann würde ihrer Meinung nach das alte Leben von ganz allein zurückkehren und alles wieder gut. Marion wollte sie schonen, ihr eine Art Kuraufenthalt in wohltuender Stille bieten. Marion nannte Christine „mein Engel", Grit „Herzchen". Herzchen. Engel. Herzchen. Engel. Was davon war ihr lieber? Sie benutzten einfach weiterhin ihre gewohnten Kosenamen, bei denen Christine jedes Mal zwischen Lachen und Entsetzen schwankte – es klang so fremd, so nah und zugleich auch so lächerlich –, als wäre nichts geschehen, als wäre sie noch immer unverändert das Herzchen für die eine und der Engel für die andere. Was Martin wohl zu ihr sagte?

Grit hatte Marion ausdrücklich nicht zum Essen eingeladen. Vielleicht tat sie es nie und es handelte sich um ein ungeschriebenes Gesetz, das allen Beteiligten bekannt und nur Christine entfallen war. Marion hatte nicht gekränkt reagiert, als Christine ihr von dieser Einladung erzählt hatte, eher so, als würde es sie sogar langweilen, darüber auch nur zu reden. Es schien selbstverständlich, dass sie nicht mitkommen würde. Sie hatte Christine ans Herz gelegt, darauf zu verzichten. Zwei Verabredungen mit fremden Menschen an einem Tag, das sei zu viel. Sie hatte sich abfällig über die Beziehung zwischen Grit und

Susanne geäußert – oder hatte Christine es sich nur eingebildet? –, war aber auf Christines Nachfragen nicht näher
eingegangen. Sie habe ihr doch schon erzählt, dass manche
Paare sich schlecht behandelten, so schlecht, dass sich die
Frage stellte, warum sie zusammen blieben. Dabei beließ
sie es.

Waren ihre Freundinnen wirklich so sehr daran interessiert, dass sie sich wieder an ihr Leben erinnerte, wie sie
behaupteten? Und wenn ja, warum antworteten sie auf
manche Fragen einfach nicht? Christine erteilte sich selbst
die Freiheit, Kinderfragen stellen zu dürfen. Sie war ja erst
seit zwei Wochen auf der Welt.

„Warum soll Marion eigentlich nicht mitkommen?",
hatte sie Grit am Telefon gefragt. „Deine Freundin Susanne
ist doch auch da."

„Weil Eva eingeladen ist", hatte Grit geantwortet, „und
dann wären wir zu fünft. Keine gute Zahl. Schlechte Dyna-
mik. Kannst du dich eigentlich noch an Eva erinnern?"

Nein, Christine konnte sich an keine Eva erinnern. Sie
hatte bezweifelt, dass die Zahl fünf der alleinige Grund
dafür war, Marion nicht einzuladen.

„Das war eine blöde Frage. Warum solltest du dich ausgerechnet an Eva erinnern, wenn du noch nicht mal deine
Mutter erkannt hast? Sie war ein paar Jahre im Ausland
und ist jetzt wieder in Berlin. Du wirst sie mögen."

„Woher willst du das wissen?"

„Ach, nur so ein Gefühl."

„Hätte die alte Christine Hoffmann sie gemocht oder die
neue?"

„Ich glaube, beide", hatte Grit ohne Zögern geantwortet.
„Nein, ich bin mir sogar sicher."

Marion wurde nicht zum Essen eingeladen, obwohl sie
und Christine seit acht Jahren eine eheähnliche Beziehung
miteinander führten. Grit sprach kaum über Marion und
Marion wenig über Grit. Genau genommen taten sie beide
so, als gäbe es die jeweils andere nicht.

Marion kam am Nachmittag nach Hause und begrüßte Christine mit der inzwischen vertraut gewordenen Sanftheit, aber ohne ihr dabei zu nahe zu kommen. Sie muss mich lieben, dachte Christine, sie muss mich wirklich lieben.

Und sie selbst? Sie hätte Martins Eröffnungen am liebsten vergessen, aber ihr war klar, dass sie die vergangenen zwei Wochen nicht mehr vergessen konnte, nichts von dem, was ihr erzählt worden war. Sie musste es Marion sagen. Andererseits – wie sollte sie Marion etwas sagen, woran sie sich gar nicht entsinnen konnte? Das sie nur aus Martins wenig detailreichen Andeutungen kannte? Es war ihr unmöglich einzuschätzen, wie Marion reagieren würde. Gut, vermutete sie. Verständnisvoll.

Was interessierte sie an Martin, wenn sie doch Frauen begehrte? Sie hatte sich im Lauf der vergangenen zwei Wochen daran gewöhnt, dass sie seit nahezu zwanzig Jahren so lebte und fühlte, was ihr erstaunlicherweise nicht schwergefallen war. Sie konnte sich vorstellen, dass es Teil ihres Wesens war, dass sie so war. Nur nicht Marion nackt neben sich im Bett. Aber das würde noch kommen, ganz sicher. Sie würde wieder lernen, Marion zu lieben, ein so großes Gefühl konnte nicht plötzlich für immer begraben sein.

Und nun, wo sie sich daran gewöhnt hatte, Martin. Er hatte sie sehnsüchtig angeblickt, als sie an seinem Esstisch gesessen hatten. Nicht sogar verliebt? Voller Verlangen? Sein Blick ließ keinen Zweifel daran, dass sie etwas Intimes miteinander verband. Christine Hoffmann glaubte zwar, selbst dieses besonderen Blicks nicht mehr fähig zu sein – sie wusste einfach nicht mehr, wie es ging, ob und wie man den Mund dazu bewegen musste, die Augenbrauen, die übrigen Gesichtsmuskeln, welches Gefühl dafür notwendig war –, aber ihr Kopf hatte offenbar keinen so großen Schaden erlitten, dass sie ihn bei anderen nicht mehr wahrnehmen konnte.

Marion machte sich in der Küche ein Brot, belegte es noch mit Gurkenscheiben – sie achtete auf Gesundheit –

und aß es im Stehen. Christine war ihr wie ein Hündchen in die Küche gefolgt. Sie empfand die alltägliche Situation, dass Marion nach der Arbeit in der Küche ein Brot aß und sie ihr dabei zusah, als ungeheuer behaglich und sie fragte sich, ob sich so wohl Zuhause anfühlte.

Seit sie seine Wohnung verlassen hatte, bereits in der U-Bahn auf der Fahrt zurück zu Marions Wohnung, hatte sie fieberhaft versucht, sich Martin vorzustellen oder vielmehr, sich selbst zusammen mit ihm vorzustellen, seinen Bart an ihrer Wange, seine große warme Hand nicht nur auf ihrer Hand, sondern auf ihrem Körper. Zwischen ihren Beinen. Sie versuchte, sich seine Zunge in ihrem Mund vorzustellen, die sie gesehen hatte, als er seine Kuchengabel abgeleckt hatte. Aber es gelang ihr nicht. Es ergab kein Bild. Nichts ergab ein Bild. Sie konnte es sich zwar ausmalen, wenn sie sich Mühe gab, aber es war künstlich, ohne ein Gefühl von Haut, ohne ein Gefühl für ein Gefühl, das sie gehabt haben musste, ohne einen Geruch, ohne den Hauch einer Erinnerung. War sie vor zwei Wochen verliebt in Martin gewesen? War ein starkes sexuelles Verlangen der Grund dafür gewesen, dass sie eine Affäre mit ihm begonnen hatte, ein Verlangen, das für sie so unvorstellbar war wie das nach Marion?

An diesem Tag machte es sie verrückt, sich nicht erinnern zu können. Dieser Tag war der erste seit ihrem Aufwachen im Krankenhaus, an dem sie dachte: Ich halte es nicht mehr aus. Ich halte es keinen Moment länger aus. Sie hätte am liebsten Marion, die fürsorgliche, behutsame Marion, bei den Schultern gepackt, geschüttelt und immer wieder gefragt: Wer bin ich? Sag mir verdammt noch mal, wer ich wirklich bin!

Christine sah Marion zu, betrachtete ihre schmale Nase, die helle Haut, die Stirn. Die scharf eingekerbten Falten am Mund, die sie rührten und die sie in diesem Moment anfassen wollte. Die feingliedrigen Hände. Bestimmt waren Marions Hände zärtlich. Bestimmt hatte Christine ihre Liebkosungen vor zwei Wochen genossen, von ihren Händen geträumt, wenn sie allein war. Oder träumte man nach acht Jahren nicht mehr, weil man der Hände längst überdrüssig geworden war? Hatte sie deswegen eine Affäre mit Martin angefangen?

Marion aß sehr vornehm, sogar ein Brot im Stehen, an die Küchenarbeitsplatte gelehnt. Das war Christine aufgefallen, seit sie das Krankenhaus verlassen und bei ihr eingezogen war. Marion krümelte nicht. Ihr Mund war nicht mit Frischkäse verschmiert. Wie machte sie das? Christine besah sich ihre eigenen Hände und kam sich plötzlich grobschlächtig vor.

„Gehst du heute Abend zu Grit?", fragte Marion, als sie ihre Aktentasche auspackte, und es klang so, als spräche sie über die Schule oder das Essen.

Wahrscheinlich hatte sich Christine alles nur eingebildet und Marion sparte das Thema Grit gar nicht aus. Es war alles ganz *normal* – so, wie sie es ersehnte. Sie wünschte sich Normalität. Alltag. Wahrscheinlich war Marion müde nach der Arbeit und hatte gar kein Interesse an einem Abend zu fünft. Wahrscheinlich galt Grit einfach als Christines beste Freundin und stellte einen Bereich ihres Lebens dar, in den Marion sich nicht einmischte. Sie wünschte ihr sogar einen schönen Abend, als Christine ihre Jacke anzog. Christine war zwanghaft misstrauisch, grundlos, und es erschreckte sie, es nach nur zwei Wochen zu sein. Sie schämte sich. In ihrem kurzen bisherigen Leben hatte sich bereits eine ganze Menge angehäuft, wofür sie sich schämen musste. Wie unermesslich viel musste es erst in achtunddreißig Jahren sein?

Ich will mich in Marion verlieben, dachte sie, als sie ging. Ich will mich neu in sie verlieben, so wie ich es vor acht Jahren getan habe.

Doch war das möglich? Sich neu in jemanden zu verlieben? Konnte Christine sich überhaupt noch daran entsinnen, wie sich zu verlieben vonstatten ging?

11

Einen sehr verliebten Eindruck machten Grit und ihre Freundin Susanne. Christine war der Ansicht, dass sie gut zusammenpassten – obwohl sie nicht wusste, wie sie darauf kam oder wann jemand gut zu einer anderen Person passte und woran dies festzumachen war. An der Körpergröße? Der Augenfarbe? Dem Haarschnitt? Dem Kleidungsstil? Dem Beruf? Sie sah ihnen bei ihren gegenseitigen Berührungen gern zu. Sie berührten sich dezent, beinahe heimlich, als wollten sie ihre Gäste nicht mit zu viel Intimität brüskieren, und ihr Anblick weckte eine leise Sehnsucht in Christine, von der sie jedoch nicht wusste, worauf sie sich richtete. Passten Marion und sie gut zusammen? Oder passte sie besser zu Martin? Christine hatte keineswegs das Gefühl, dass Grit und Susanne einander schlecht behandelten, wie Marion angedeutet hatte, oder wenn, dann verbargen sie es geschickt. Weiß der Himmel, dachte sie, wie Marion auf so etwas kommt.

Inzwischen hatte sie sich konsequent angewöhnt, von „früher" zu sprechen. Wie sollte sie es auch sonst nennen? Es machte die Verständigung darüber leichter. Immerhin, nun hatte auch sie eine eigene kleine Gewohnheit angenommen. Gewohnheiten, um die sie andere beneidete, erschienen Christine ungeheuer wichtig, als hielten sie wie ein besonderer Kleister das ganze Leben zusammen oder bildeten dessen Skelett. Früher, wie sie es nannte, lag erst zwei Wochen zurück, bedeutete für sie aber ein fernes Jahrhundert, eins, das aufgrund der Zerstörung der entscheidenden Quelle kaum zu erforschen war.

An diesem Tag gab Christine zum ersten Mal die Hoffnung auf. Sie war längst aus dem Krankenhaus entlassen, hatte keine Kopfschmerzen mehr, die Wunde am Kopf war fast verheilt und tat nicht mehr weh, der Verband war entfernt, ihr Hinterkopf fühlte sich nicht mehr verschorft an, sondern glatt und gesund – augenscheinlich heilten ihre Zellen und bildeten neue, ohne ihr Zutun –, doch in ihrem Gedächtnis regte sich nichts.

Wie lange sollte sie noch darauf warten, dass ihr plötzlich, aus heiterem Himmel, alles wieder einfiel? Lohnte sich Warten überhaupt? Die Zeitspanne, die ihr die Ärzte genannt hatten, war überschritten. Vielleicht handelte es sich nicht um eine temporäre Amnesie, sondern um eine dauerhafte. Vielleicht sollte sie sich damit abfinden, dass achtunddreißig Jahre unwiederbringlich verloren waren, gelöscht, und nie mehr zurückkehrten. Oder sollte sie andere Ärzte konsultieren? Ihre Gehirnströme messen, nach biochemischen Absonderlichkeiten fahnden lassen? Warme, weniger warme und kalte Regionen ihres Gehirns ausfindig machen lassen? Lag dort die Ursache und es war übersehen worden? Aktiv – inaktiv? Warm – lauwarm – kälter – kalt? Gab es nicht ein Spiel in der Kindheit oder bildete sich Christine das nur ein, hatte es geträumt? Ein Gegenstand war bei dem Spiel zu finden. Kam man ihm näher, hieß es „warm" oder „heiß". Sobald man sich aber wieder von ihm entfernte, erklangen „kälter" und „kalt".

An diesem Tag machte es sie verrückt. Ihr Kopf fühlte sich wie ein Gefängnis an, eine Zwangsjacke. An diesem Tag hätte Christine am liebsten alle, nicht nur Marion, bei den Schultern gepackt, sie wüst und voller Zorn geschüttelt und gesagt: Wer bin ich, verdammt noch mal?

Doch vielleicht war es auch gar nicht wichtig zu wissen, wer man war. Vielleicht wussten es andere ebenso wenig wie sie selbst und täuschten sich und ihre Umwelt raffiniert. Taten nur so, als ob. Oder dieses Wissen ließ sich jeden Tag neu erschaffen. Martin hatte gesagt, alle konstruierten ihr Bewusstsein und Christine habe, im Unterschied zu anderen, die Chance, bei null anzufangen. Ein ganz reines Bewusstsein, von nichts getrübt. Von keiner Erinnerung, keinem Schmerz, keinem Glück. Tabula rasa. Christine hatte währenddessen seinen Bart betrachtet, der sich beim Sprechen mitbewegt hatte, wie um die durchdacht klingenden, wohlformulierten Sätze und ihre Eleganz zu unterstreichen, sie einzurahmen, und sich erneut gefragt, ob er ein begabterer Wissenschaftler war als sie.

An diesem Tag ging Christine recht bald, noch vor dem Essen, in Grits Badezimmer, um dort ungestört weinen zu können. Erleichtert stellte sie fest, dass sich die Tür abschließen ließ. In Marions Wohnung gab es keine Schlüssel, auch nicht in der Tür zum Bad. „Keine Geheimnisse voreinander haben" nannte Marion das. In Marions Wohnung hatte Christine es nicht fertig gebracht, all die Tage nicht, obwohl ihr oft danach war und sie genauso oft die Gelegenheit gehabt hätte, es allein und völlig unbeobachtet und ohne Zuhörerinnen zu tun. Hier genügten ein paar Minuten in Grits Küche, die Anwesenheit der anderen Frauen. Grit, die ihre Geliebte Susanne nur scheinbar flüchtig und nebenbei berührte, in Wahrheit aber gezielt und liebevoll. Die angekündigte Eva. Vier Augen – Susannes und Evas – hatten sie eingehend gemustert, als wollten sie näher ergründen, wie *so eine* wohl aussah. So eine, die sie sicher noch nie zu Gesicht bekommen hatten, ein Phänomen, das sie höchstens bei alten, dementen Verwandten vermuteten, nicht bei einer Achtunddreißigjährigen. Zumindest in dieser Hinsicht hatte Christine nicht das Gefühl, gewöhnlich, sondern eher eine Ausnahme zu sein, etwas Besonderes. In Grits Badezimmer wusste sie noch, wie es ging; die Tränen kamen sofort und von ganz allein, als hätten sie nur darauf gewartet.

An diesem Tag weinte Christine zum ersten Mal, seit sie im Krankenhaus aufgewacht war. Auf dem Badewannenrand standen, wie sie nebenbei hinter Schlieren aus Tränen bemerkte, nur Shampoo- und Duschgelflaschen, alle von der Sorte „empfindlich" und „sensibel", aber kein einziges Plastiktier. Ein nüchterner, sachlicher Duschvorhang mit Streifen. Viel besser als Fische.

An diesem Tag sah sie Eva zum ersten Mal.

Christine versuchte, die Spuren des Weinens mit kaltem Wasser zu beseitigen, verließ Grits Badezimmer und ging zurück in die Küche. Die anderen saßen am Tisch und warteten auf sie. Sie schwiegen. Grit trug das Essen auf, Susanne half ihr dabei. Alle drei lächelten sie sanftmütig an und Christine fragte sich, ob sie in Grits kleiner Wohnung gehört hatten, was sie ins Badezimmer getrieben hatte.

Beim Essen nahmen sie das Gespräch wieder auf. Grit, Susanne und Eva erklärten Christine ganz genau, worüber sie sich unterhielten, damit sie es auch verstand. Sie wussten Bescheid und es war angenehm, auf all diese Sätze verzichten zu können: Ich kann mich an nichts erinnern, ich habe alles vergessen, ja, tatsächlich, es ist wirklich so, sogar meine Mutter, kaum zu glauben, ist aber so. Christine hatte zwar manchmal den Eindruck, dass sie übertrieben, sich so benahmen, als sprächen sie mit einer Idiotin, aber sie genoss ihre Bemühungen, ihr nicht das Gefühl des Ausgeschlossenseins zu geben. Eva saß ihr gegenüber und sah sie beim Essen manchmal an. Aber nun war es ein anderer Blick, kein sezierender. Er war anders als Marions, Martins oder Grits Blicke, anders als der ihrer Mutter im Krankenhaus und der Ärzte, nachdem sie ihr Gehirn durchleuchtet hatten. Er war nicht besorgt, nicht fragend, nicht ratlos. Er schien – zärtlich.

Nach dem Essen räumten Grit und Susanne die Küche auf und spülten das Geschirr. Sie schickten Christine und Eva ins Wohnzimmer. Dort öffnete Christine die Balkontür und trat ins Freie. Eva folgte ihr.

„Grit hat mir erzählt, was mit dir los ist", sagte Eva draußen und lehnte wie Christine die Arme auf die Balkonbrü-
stung. „Ich hoffe, das stört dich nicht."

„Nein, das stört mich nicht."

Was mit dir los ist. Klang das schlimm? Besorgniserregend?
Christine sah Eva von der Seite an und fragte sich, ob sie sie
von früher kannte. Eine ganz und gar vergebliche Anstrengung. Eigentlich war es jetzt, Ende Oktober, für den Balkon
viel zu kalt. Im Hintergrund war ein Stück des alles über-
ragenden Fernsehturms am Alexanderplatz zu sehen, sein
Blinken, wie ruhiger, gleichmäßiger Herzschlag.

„Wir sind uns früher ein paar Mal begegnet", sagte Eva
und drehte den Kopf, „aber wir haben nur flüchtig miteinander geredet. Wahrscheinlich hätte ich auch keinen bleibenden Eindruck bei dir hinterlassen, wenn du nicht alles
vergessen hättest."

Christine schwieg. Keinen bleibenden Eindruck hinterlassen, das konnte sie sich nicht vorstellen. Sie dachte ein
Wort, nur ein einziges. Dieses Wort ließ sich, sobald es
aufgetaucht war, nicht mehr vertreiben, gewaltig rollte es
heran und blieb, füllte Christines gesamten Kopf aus, ihre
Augen dachten das Wort, ihre Ohren, sogar ihre Fingerspitzen: Schön. Irgendwo dort in ihrem Gehirn gab es jetzt
ganz sicher eine ungemein warme Region. Sie fand Eva so
schön, dass sie es für unmöglich hielt, sie einfach aus dem
Gedächtnis zu verlieren. Sie drehte wieder den Kopf, um es
bestätigt zu sehen, öffnete schon den Mund, um das Wort
auszusprechen. Doch obwohl sie glaubte, die Gepflogen-
heiten menschlicher Kommunikation nicht mehr zu kennen, meldete sich sofort eine warnende Stimme in ihr und
verkündete, dass man so etwas nicht tat, nicht damit her-
ausplatzte, dass man jemandem, den man zum ersten Mal
sah, nicht einfach sagte: Du bist schön.

„Entschuldige, ich wollte dir nicht zu nahe treten", sagte
Eva.

Du bist schön, dachte Christine.

„Und es geht mich auch gar nichts an. Tut mir leid." Eva legte ihre Hand auf Christines Arm, nur ganz kurz.

Tritt mir zu nahe, dachte Christine, ich bitte dich!

Sie erinnerte sich, dass sie auch die Wärme von Marions Hand auf ihrem Oberschenkel genossen hatte, als sie sie vor gut einer Woche aus dem Krankenhaus abgeholt hatte, die von Martins Hand auf ihrer. Vielleicht ersehnte sie, dass man sie anfasste, dass irgendwer sie anfasste, damit sie sich selbst spürte, um sich zu vergewissern, dass sie wirklich vorhanden war, und es spielte gar keine Rolle, wer dies tat. Jetzt war es Eva, doch vielleicht hätte es auch jeder andere sein können.

„Das muss dir nicht leidtun", sagte Christine. Nein, Evas Hand auf ihrem Arm hatte sich ganz anders angefühlt. Anders als alles, was sie seit zwei Wochen kannte. Es gab Unterschiede. Es spielte sehr wohl eine Rolle.

Eva erzählte ihr von den vier Jahren, die sie in London verbracht hatte. Christine hatte im Gegenzug nur zwei Wochen Vergangenheit zu bieten, die ihr in gewisser Weise jedoch wie eine Zeitspanne von mehreren Jahren erschienen. Zwei magere Wochen – ein großes Rätsel.

„Ich war früher schwierig", sagte Christine.

„Schwierig?"

„Dauernd schlecht gelaunt."

„Wer sagt das?"

„Marion. Und die muss es ja wissen." Wenn schon Grit nicht mit ihr über Marion sprach, so dachte Christine, dann vielleicht Eva. „Es wird sicher stimmen, wenn sie es sagt. Ich frage mich, wie sie es mit mir ausgehalten hat."

„Du warst ein Griesgram?", fragte Eva leicht belustigt.

„Ja, ein Griesgram. Hübsches Wort."

„Warum ist Marion heute eigentlich nicht mitgekommen?", fragte Eva.

„Das weiß ich nicht", antwortete Christine, „und es sagt mir auch niemand."

„Dann musst du Marion wohl danach fragen."

Eva sah sie nachdenklich an und in diesem Moment wurde Christine klar, dass sie mit all den Informationen aus zweiter Hand niemals herausfinden könnte, wer sie wirklich war. Mit den Puzzleteilen, die einfach kein Ganzes ergaben, am allerwenigsten ein stimmiges Bild. Sie hätte Eva gerne erzählt, wer sie war, doch sie wusste es nicht. Sie hätte gerne den Kopf gedreht, den sie schon längst wieder nach vorne zum beruhigend blinkenden Fernsehturm gewandt hatte, wollte noch einmal Evas zärtlichen Blick sehen, doch sie wagte es nicht – aus Angst, dass er nun verschwunden wäre und nicht mehr wiederkäme. Oder aus Angst, dass er immer noch da war.

„Bist du denn heute immer noch ein Griesgram?", fragte Eva. „Oder hast du das auch vergessen?" Sie lachte.

Christine überlegte. Wusste sie noch, wie es ging, griesgrämig und miesepetrig zu sein? Wusste sie noch, wie es war, morgens am liebsten gar nicht aufstehen zu wollen, weil alles sinnlos erschien? Allein im Regen spazieren zu gehen, wahrscheinlich, um sich dann noch unglücklicher zu fühlen? Ohne Begleitung die Fische im Aquarium zu betrachten, ihre eintönigen Runden, die sie in ihren zu kleinen Becken drehten? Wie im Gefängnishof. Gefängnishof. Pausenhof. Große Pause. Schule. Christine glaubte, sich an etwas zu erinnern.

„Wärst du mit mir in der großen Pause über den Schulhof gegangen?", fragte sie.

„Wenn wir uns damals schon gekannt hätten, bestimmt", antwortete Eva.

„Ich glaube, ich habe tatsächlich vergessen, wie es geht, griesgrämig zu sein", sagte Christine und lachte nun auch. „Das ist sicher nicht das Schlechteste."

„Möchtest du dich denn an alles wieder erinnern?", fragte Eva.

„Würdest du das an meiner Stelle nicht wollen?"

„Ach, ich wäre manchmal froh, wenn ich alles vergessen hätte."

Es war kälter geworden und es begann zu regnen. Grits Balkon war nicht überdacht. Die milde Herbstluft hatte sich endgültig verabschiedet.

„So wie jetzt hat es wochenlang geregnet", sagte Eva.

„Ja, davon habe ich gehört", sagte Christine. „Und das Wetter war wohl auch schuld an meinem Unfall. Ich bin irgendwo draußen auf nassen Stufen ausgerutscht. Ausgesprochen blöd, draußen hinzufallen, und statt sich das Knie aufzuschlagen, ist das Gedächtnis weg."

„Immer noch besser, als sich den Hals zu brechen, oder?", sagte Eva. „Woher weißt du überhaupt, dass man sich beim Hinfallen das Knie aufschlägt?"

Ja, woher wusste Christine das?

„Tun Kinder das nicht immer?", fragte sie.

„Tun sie", sagte Eva. „Aber Erwachsene manchmal auch. Ich zum Beispiel."

Christine schob ihre Hosenbeine nach oben, bis über die Knie, und suchte nach Narben. Doch hier draußen war es zu dunkel, sie fand keine. Die Haut war glatt. Sie hatte auch in den vergangenen zwei Wochen keine Narben entdeckt, außer der an der Stirn und der leicht wulstigen Blinddarmnarbe.

Eva beugte sich nach unten und strich ganz leicht über Christines nacktes Knie. Dort hatte noch niemand Christine berührt, seit zwei Wochen nicht. „Sicher gut verheilt", sagte Eva. „Kannst du dich denn noch an den Sturz erinnern?"

„Nein. Manchmal taucht ein Bild auf von moosbewachsenen Stufen, aber dann ist es gleich wieder weg."

Wahrscheinlich sah es sehr albern aus, wie Christine mit hochgekrempelten Hosenbeinen Ende Oktober im Nieselregen auf dem Balkon stand. Sie drehte sich um und machte einen Schritt auf die Tür zu. „Komm, lass uns wieder reingehen."

Eva hielt sie zurück. „Warte noch einen Moment." Sie legte ihre Hand auf Christines Arm.

Christine sah auf Evas Hand, nicht in ihr Gesicht. Sie wollte ihren Blick noch einmal sehen, ihn sich merken und nachher als eine Erinnerung mitnehmen, doch zugleich fürchtete sie sich davor. Vielleicht hatte sie sich nur eingebildet, dass Zärtlichkeit darin lag. Ganz sicher sogar. Vielleicht war es Mitleid. Sie konnte keine Gesichtsausdrücke deuten.

„Wollt ihr nicht reinkommen?", rief Susanne von drinnen. „Da draußen ist es doch ganz ungemütlich!"

„Wollen wir noch ein bisschen bleiben?", fragte Eva leise.

12

An diesem Abend blieb Christine lange. So lange, dass sie die letzte U-Bahn verpasst hatte, der Eingang zum Untergrund mit einem Gitter versperrt war. Sie musste ein Taxi nehmen.

Inzwischen war sie bei der Bank gewesen, hatte Kontoauszüge geholt und den Geldautomaten bedient, was ihr ohne Probleme gelungen war. Sie wusste zwar nicht mehr, wer sie war, schien aber dem modernen Leben durchaus gewachsen. Ihre Geheimnummer für den Geldautomaten hatte sie sich von Marion geben lassen müssen. Marion hatte sie in ihrem Kalender neben ihrer eigenen notiert, wie Paare es vermutlich zu tun pflegten, als Telefonnummer getarnt.

Zumindest Geheimnummern vergessen sicher viele Menschen, nicht nur ich, hatte Christine vermutet. Dieser Gedanke war tröstlich gewesen und hatte sie beruhigt. Auf ihrem Konto sah es dank ihrer regelmäßigen Einkünfte im Sonderforschungsbereich nicht besorgniserregend aus, keine größeren Ausgaben, kein Minus; sie schien vor ihrem Unfall nicht verschwenderisch gewesen zu sein. Als Nächstes müsste sie ihren Computer einschalten, doch davor fürchtete sie sich am meisten, ohne den genauen Grund zu wissen. In ihrer Wohnung hatte sie bislang keine privaten Dokumente entdeckt, weder ein Tagebuch noch Briefe. Allerdings hatte sie danach auch nicht gründlich gesucht.

95

Christine nannte dem Taxifahrer Marions Adresse in Charlottenburg. Es stand außer Zweifel, dass sie zu Marion fahren würde. Alle sagten, dort sei ihr Zuhause, also musste es wohl so sein. Im Taxi versuchte sie, sich Evas Gesicht ins Gedächtnis zu rufen, aber es gelang ihr nicht richtig, was sie zuerst bekümmerte, dann verärgerte. Sie hatte Eva doch vorhin erst gesehen. Sie hatte Zeit mit ihr verbracht, sie lange betrachtet. Sie konnte doch nicht alles vergessen – zuerst achtunddreißig Jahre Leben, dann die letzten sechzig Minuten und die Schönheit eines Gesichts.

Es war spät und Christine erwartete, dass Marion schon im Bett lag. Sie ging gewöhnlich früh schlafen, weil sie morgens früh aufstand. In all den Tagen zuvor hatte Christine sie selbstverständlich begleitet, war auch gegen zehn Uhr abends ins Bett gegangen. Ob dies ihrem eigenen Rhythmus entsprach, wusste sie jedoch nicht. Vielleicht arbeitete sie ja gern nachts und schlief morgens lange? Vielleicht sah sie gern die Spätfilme im Fernsehen oder ging nachts spazieren, betrachtete den Mond und gab sich, von anderen unbeobachtet, ihren Stimmungen hin?

Doch jetzt war Marion wach, obwohl sie am nächsten Morgen zur ersten Stunde unterrichten musste. Im Schlafanzug saß sie am Esstisch im Wohnzimmer über Klassenarbeiten. Nur die Arbeitslampe auf dem Tisch war eingeschaltet, die nicht viel mehr beleuchtete als die Schulhefte. Der Rest des Zimmers war ins Dunkel getaucht. Als sie näher kam, sah Christine, dass Marions Schlafanzug mit kleinen Tieren bedruckt war, aber sie konnte nicht erkennen, um welche Tiere es sich handelte. Hunde oder Bären. Vielleicht auch Katzen. Neben den Schulheften lag ein roter Filzstift. Für die Korrekturen, dachte Christine. Marion strahlte Unruhe aus. Sie stand nicht auf, machte keine Anstalten, Christine so liebevoll zu begrüßen wie an allen anderen Tagen in den vergangenen zwei Wochen. Hatte sie sich Sorgen gemacht, weil Christine so spät kam, und war deswegen noch nicht schlafen gegangen? War sie vielleicht wütend?

Christine zog ihre Jacke aus und setzte sich zu Marion an den Tisch. „Was ist das auf deinem Schlafanzug?", fragte sie freundlich.

„Den kennst du doch", erwiderte Marion gereizt. „Oder ist da etwa ein Fleck?" Sie sah an sich herab. Christine konnte sich keine Flecken auf Marions Kleidung vorstellen, so manierlich, wie sie aß. „Ach so, entschuldige", sagte Marion dann. „Ich habe ihn seit Wochen nicht mehr getragen und du kennst ihn natürlich nicht. Wie konnte ich das bloß vergessen. Bären, das sollen Bären sein. Kann man nicht so gut erkennen. Das hast du schon immer gesagt."

„Hast du noch so lange gearbeitet?"

Christine blickte zu dem aufgeschlagenen Heft, das vor Marion lag. Keine einzige rote Anmerkung am Rand. Bestimmt handelte es sich um eine außerordentlich gute Arbeit, null Fehler. Ob sie selbst damals eine gute Schülerin gewesen war? Beliebt bei ihren Mitschülern?

„Ja, Klassenarbeiten", sagte Marion. „Es ist ein bisschen spät geworden."

Christine wusste nicht, ob sie damit das Korrigieren der Arbeiten, ihr Nachhausekommen oder beides meinte.

Marion schien an diesem Abend mürrisch und in sich gekehrt. Wahrscheinlich ist sie müde, dachte Christine. Gleich würde sie den Vorschlag machen, schlafen zu gehen, wie sie es jeden Abend tat. Christine war hellwach. Es war ein denkbar ungeeigneter Moment, doch es ließ ihr einfach keine Ruhe. Schon seit Tagen wollte sie wissen, was es mit den Depressionen auf sich hatte, wann diese Phasen aufträten, wie lange sie jeweils dauerten, ob es eine Gesetzmäßigkeit gab, einen erkennbaren Auslöser. Zaghaft begann sie ein Gespräch.

„Wenn du in dieser Stimmung bist", sagte Marion, „kann dich nichts herausholen. Auch ich nicht. Oder nur selten."

„Ich habe in Grits Badezimmer plötzlich angefangen zu weinen", sagte Christine.

Nach dieser Bemerkung wirkte Marion sogleich anders. Wacher. Besorgt. Sie stand auf und ging um den Tisch herum, bis sie vor Christines Stuhl stand.

„Meine arme Christine", sagte sie leise und strich über ihr Haar. „Es ist kein Wunder. So viele Eindrücke auf einmal tun dir nicht gut, mein Engel. Das habe ich dir doch gesagt." Sie kniete sich vor Christine auf den Boden und legte die Hände auf ihre Oberschenkel, auffallend fest, viel nachdrücklicher als die sanften, fast flüchtigen Berührungen, die Christine inzwischen gewohnt war. „Du hättest heute Abend hier bleiben sollen. Du hättest nicht zu Grit gehen dürfen."

„Grit hat gesagt, ich muss unter Leute."

„Grit meint es sicher gut, aber ich kenne dich besser." Im Knien küsste Marion Christines Wange. „Lass mich doch auf dich aufpassen. Dich beschützen." Sie zog Christine an sich, umarmte sie. „Es wird alles wieder gut, du wirst sehen."

Gut. Bald würde alles wieder gut. Grit meinte es gut. Marion sowieso. Martin meinte es auch gut. Überhaupt meinten alle es gut mit ihr.

„Du musst mir vertrauen." Marion flüsterte in Christines Ohr. „Ich liebe dich." Sie küsste Christine auf den Mund, ganz vorsichtig, nur der Hauch eines Kusses.

Die ganze Zeit hatte Christine Hoffmann sich gefragt, ob sie es noch beherrschte, ob ihr Mund noch wüsste, was er im entscheidenden Moment zu tun hätte. Jetzt war der entscheidende Moment gekommen und sie küsste einfach. Vielleicht würde sie sich dann erinnern. Vielleicht käme dann alles zurück, löste ein Kuss den undurchdringlichen Nebel auf, hinter dem ihr Leben verborgen lag. Vielleicht kehrte ihre Liebe zu Marion zurück. Sie öffnete die Lippen und suchte Marions Zunge, fand sie schnell. Marion zögerte zunächst. Sie schien damit nicht gerechnet zu haben. Doch nach und nach gab sie ihre Vorsicht auf. Der Kuss wurde verlangend – beinahe verzweifelt.

„Ich habe dich so vermisst." Marion schob die Hände unter Christines Pullover, unter ihr T-Shirt, das Unterhemd, auf ihre Haut. „Seit wann trägst du denn Unterhemden?", fragte sie leise. „Du mochtest sie nie."

„Seit ungefähr einer Woche", sagte Christine.

Bereits Grit hatte sich darüber amüsiert. Doch was Grit belustigte, schien Marion zu irritieren, jede Verhaltensweise Christines, die sich allem Anschein nach von ihren früheren unterschied. Marion reagierte mit Abwehr. Als hätte sie Angst vor Veränderung oder davor, dass Christine plötzlich eine ganz andere sein könnte. Christine war auf der Straße aufgefallen, dass sie beim Anblick der entblößten Bäuche junger Frauen fröstelte. In ihrem eigenen Kleiderschrank in der Liegnitzer Straße hatte sie einen Stapel Unterhemden entdeckt. Plötzlich Wert auf Unterhemden zu legen und sich um die Nieren zu sorgen, sei ein untrügliches Zeichen für das Altwerden, behauptete Grit. War Christine so schnell gealtert? In nur zwei Wochen?

„Ich hatte solche Sehnsucht nach dir", sagte Marion. „Komm, lass uns ins Bett gehen." Sie stand auf und ergriff Christines Hände.

Christine folgte ihr ins Schlafzimmer. Sie verspürte Unsicherheit – oder war es Angst? So fühlt es sich wahrscheinlich vor dem ersten Mal an, dachte sie. An erste Male konnte sie sich auch nicht erinnern, weder an das mit Marion vor acht Jahren noch an ein erstes Mal mit Martin oder mit irgendeinem anderen Menschen.

Als sie nebeneinander im Bett lagen – jede hatte sich, der anderen den Rücken zugewandt, selbst ausgezogen –, war es nicht so, wie Christine erwartet oder erhofft hatte. Marions Körper war ihr fremd und ihr eigener reagierte nicht. Alles blieb hinter dem dichten Nebel verschwunden, alles, auch die Lust. Aber vielleicht war das für den Anfang zu viel verlangt.

Marion schien etwas Ähnliches zu denken, denn sie hörte mit ihren vorsichtigen Liebkosungen auf, küsste Christines Augen und rückte ein Stück von ihr weg.

„Ich muss dir Zeit lassen", sagte sie und atmete schwer. In diesem Atmen wurde plötzlich ihr ganzer Kummer offenbar, den sie seit zwei Wochen so erfolgreich vor Christine verbarg. „Ich will dich nicht bedrängen. Schlaf jetzt."

Dann begann sie zu weinen. Zweimal Tränen an diesem Tag, dachte Christine und jetzt war sie es, die Marion tröstete.

„Es ist so schrecklich, dass du es vergessen hast", sagte Marion. „Du hast vergessen, dass du mich liebst. Das ist ein Albtraum. Ich habe solche Angst, dass es dir nie wieder einfällt. Ich weiß nicht, wie ich das aushalten soll."

Marion war bald darauf eingeschlafen, doch Christine Hoffmann schlief in dieser Nacht gar nicht. Zuerst konnte sie es nicht, weil die Tür des Schlafzimmers offen stand und sie befürchtete, jemand könnte sich plötzlich ins Zimmer geschlichen haben, ein bedrohlicher Schatten, obwohl sie wusste, dass sich außer Marion und ihr niemand in der Wohnung befand. War sie früher auch so ängstlich gewesen? Vorsichtig stand sie auf, schloss ganz leise die Zimmertür und legte sich anschließend noch vorsichtiger wieder ins Bett. Sie wollte Marion nicht wecken, die jetzt unruhig atmete. Hatte sie früher auch unter solchen Problemen gelitten? Im Bett drehte sie sich von einer Seite auf die andere, wunderte sich, was jetzt noch nicht stimmte, bis sie schließlich merkte, dass sie sich bei geschlossener Zimmertür eingekerkert fühlte. Wieder stand sie auf und öffnete die Tür einen Spalt. Als sie dann im Bett lag, auf dem Rücken, und sich fragte, ob sie früher eigentlich auf dem Rücken oder auf der Seite geschlafen hatte, dachte sie auf einmal, sie müsste ersticken. Sie stand auf – es erforderte sehr viel Umsicht, sich nahezu geräuschlos zu erheben und anschließend ebenso lautlos und ohne Erschütterungen zu erzeugen wieder ins Bett zu begeben – und öffnete die Fenster. Es waren alte Doppelfenster, so dass Christine gleich vier öffnen musste. Marion atmete immer noch unruhig. Oder schon wieder? Gleich wacht sie auf, dachte Christine. Wieder im Bett – auf der zum Fenster näheren Seite – stellte sie fest, dass der hereinwehende Wind eisig war, sie frieren und darüber hinaus die Fenster klappernd gegeneinanderschlagen ließ. Wieder stand sie auf und schloss die Fenster. Es wäre sicher das Beste gewesen, das Schlafzimmer zu verlassen und in der Wohnung umherzugehen, sich auf das Sofa zu setzen, Marion nicht zu stören, doch Christine wagte es nicht, aus Angst, sie damit endgültig zu wecken. Sie legte sich wieder ins Bett. Vielleicht ist es mir zu hell, dachte sie, und ich sollte die Vorhänge vor das Fenster ziehen. Also stand sie auf. Danach empfand sie das Zimmer aber als viel zu dunkel, denn die Vorhänge waren aus schwerem, blickdichtem Stoff. Wie eine Gruft. Sie musste sofort wieder aufstehen und diesen Zustand ändern. Wusste sie noch nicht einmal mehr, ob sie lieber im Dunkeln oder im Hellen schlief? Bei geöffneter oder geschlossener Zimmertür? Fenster offen oder geschlossen? Mussten bei allen Menschen so viele Bedingungen erfüllt sein, bis sie einschlafen konnten, oder war es ein Beweis dafür, dass Christine wirklich ein schwieriger Mensch war? Warum konnte sie sich nicht einfach in einer Ecke zusammenrollen wie ein zufriedenes Tier, das weder an gestern noch an morgen dachte, und einschlafen?

Aber möglicherweise war dies eine Unterstellung und zufriedene wie auch unzufriedene Tiere dachten vor dem Einschlafen sehr wohl daran, wie der zurückliegende Tag verlaufen war und was ihnen der folgende brächte, genauso wie sie. Christine dachte an die Küsse und daran, dass sie heute zum ersten Mal Marions Angst gesehen hatte. Dann schob sich Eva dazwischen. Evas Gesicht, das sie sich so gerne in Erinnerung gerufen hätte, ganz genau, jede Einzelheit. Sie wollte ihr Gesicht Stück für Stück zusammensetzen, es vor sich sehen. Den Genuss, sie zu betrachten, wiederholen. Sie begann mit dem Mund, zeichnete im Geist die Nase, die Augen und Augenbrauen. Sie strengte sich an, um das Bild so weit zu vervollkommnen, als hätte sie ein Foto von Eva vor sich oder stünde noch immer mit ihr zusammen auf Grits Balkon, als hörte sie dabei auch ihre Stimme – aber sie entglitt ihr immer wieder, bevor das Bild ganz fertig war. Nun war Christine erst recht wach.

Sie konnte nicht im Bett liegen bleiben. Sie musste erneut aufstehen. Leise ging sie ins Badezimmer, zündete dort eine Kerze an, die auf einem Regal stand – in Marions Wohnung lagen überall Utensilien bereit, um die gewünschte angenehme Stimmung zu erzeugen – und setzte sich auf den Fußboden. In ihrem neuen Leben verbrachte sie offenbar viel Zeit in Badezimmern. Der Fisch und der Krake auf dem Wannenrand standen meilenweit voneinander entfernt und Christine rückte sie näher zusammen, nicht gerade so nah, dass sie sich hätten küssen können, aber beinahe.

Als sie glaubte, nun endlich müde genug zu sein und bald einschlafen zu können, löschte sie die Kerze und verließ das Badezimmer. Sie machte einen Umweg über das Wohnzimmer, weil sie dort einen schwachen Lichtschein sah. Sie hatten vergessen, die Leselampe am Esstisch auszuschalten. Das aufgeschlagene Heft lag noch dort, wie es zurückgelassen worden war, der rote Filzstift, von dem die Kappe abgezogen war und daneben ein Stapel anderer Hefte, bereits korrigierte und mit Noten versehene, wie Christine annahm. Sie setzte die Kappe auf den Filzstift und blätterte in den Heften. Eine Deutscharbeit über die Lyrik der Romantik. Die Ränder in allen Heften waren leer. Nirgendwo Anzeichen dafür, dass sie von Marion durchgesehen worden waren, nirgendwo ihre Handschrift. Keine Noten und keine einzige Korrektur.

13

„So wie immer?", fragte Sieglinde. Sie studierte eine mit der Hand beschriebene gelbe Karteikarte.

Christine Hoffmann hätte zu gerne gewusst, was *wie immer* bedeutete und einen Blick auf die Karteikarte geworfen, doch Sieglinde schien die Informationen, die sie brauchte, bereits erhalten zu haben, denn sie brachte die Karte wieder zum Tresen. Christine hatte nichts lesen können, kein einziges Wort.

Dann kam Sieglinde zurück, sah Christines Spiegelbild in die Augen und strich ihr von hinten durchs Haar.

„Also wie immer", stellte sie fest, obwohl sie gar keine Antwort abgewartet hatte. „Oh, was hast du denn da gemacht?" Sieglinde entdeckte die Wunde an Christines Hinterkopf.

„Schranktür", sagte Christine. Sie hatte natürlich damit gerechnet, dass die Friseurin danach fragen würde, und sich eine plausible Erklärung zurechtgelegt. Die Wahrheit wollte sie ihr nicht sagen. „Ich hatte mich gebückt, suchte was auf dem Fußboden. Und als ich aufstand, war die Schranktür im Weg. Ist aber nicht so schlimm."

Die Beule an Christines Kopf war viel kleiner geworden und kaum noch zu spüren, die eingerissene Kopfhaut, die im Krankenhaus genäht worden war, fast verheilt. Es hatten nur wenige Haare abrasiert werden müssen und über diese Stelle fielen längere. Bald wäre nichts mehr zu sehen.

„Ja, die meisten Unfälle passieren bekanntlich im Haushalt", sagte Sieglinde. „Am besten, du gehst jetzt erst mal zum Haarewaschen."

Christine hatte sich am Morgen die Haare gewaschen und wusste nicht, warum es ein zweites Mal nötig war, aber Sieglinde, ihre Friseurin, war so resolut, dass sie nicht zu widersprechen wagte. Das Haarewaschen erledigte eine Auszubildende in einem anderen Raum, zuerst erschrocken, dann mit großer Ehrfurcht vor der Verletzung am Hinterkopf, übervorsichtig, aus Angst, Christine wehzutun. „Ist es so warm genug?", fragte sie, „ist es jetzt auch nicht zu heiß?" und „ist es auch gut so?". Als Christine danach wieder auf dem Stuhl saß, auf dem sie zuerst Platz genommen hatte, ein Handtuch kunstvoll um den Kopf geschlungen, betrachtete sie sich in dem großen Spiegel. Außer sich selbst konnte sie darin die Unendlichkeit sehen, da gegenüber auf der anderen Seite ebenfalls ein Spiegel hing. War ihr das bei ihren früheren Besuchen auch immer so deutlich aufgefallen?

Grit hatte gesagt, der Wunsch, zum Friseur gehen zu wollen, sei ein gutes Zeichen, ein Zeichen der Gesundung. Außerdem hatte sie erzählt, dass Christine seit zehn Jahren Sieglindes Friseursalon aufsuche, ihr die Treue halte und durch nichts davon abzubringen sei. Zehn Jahre. Demnach kannte sie Sieglinde länger als Marion.

„Wann warst du denn das letzte Mal hier?", fragte Sieglinde mit einem prüfenden Griff in Christines Haare und einem leichten Vorwurf in der Stimme.

„Ich weiß nicht", sagte Christine, „ich kann mich nicht mehr so genau erinnern."

„Vor zwei Monaten, glaube ich", beantwortete Sieglinde die Frage selbst. „Wie geht's dir denn?"

Sie duzten sich. Sie redeten miteinander wie gute Bekannte und Sieglinde fragte sie nach ihrem Befinden. Muss ich mich jetzt auch erkundigen, wie es ihr geht?, dachte Christine. Habe ich es früher immer in dieser Phase der Kommunikation getan, während sie meinen herausgewachsenen Haarschnitt begutachtete?

Sieglinde begann, Christines feuchte Haare mit kleinen Spangen festzustecken. „Immer noch so viel zu tun in deinem Institut und mit deiner Doktorarbeit?", fragte sie. „Geschichte war es, oder?"

„Ja, Geschichte", sagte Christine, „ja ja, immer noch so viel zu tun." *Viel zu tun* war sicher eine gute Antwort in jeder Lebenslage. „Sogar noch viel mehr. Manchmal bin ich so durcheinander, dass ich plötzlich glaube, alles vergessen zu haben."

„Du hast bestimmt nicht alles vergessen", sagte Sieglinde mitfühlend. „Das ist normal, wenn man überarbeitet ist. So geht's mir auch manchmal. Mach dir deswegen keine Gedanken."

Christine bezweifelte, dass es Sieglinde auch manchmal so ging wie ihr.

Sieglinde holte eine Schere aus der kleinen schwarzen Tasche, die wie ein Pistolenhalfter an ihrer Hüfte hing. „Du musst mal Urlaub machen." Sie schnitt die ersten Haare in Christines Nacken ab.

Wie kam sie darauf? Fuhr Christine nie in die Ferien? Aber Marion hatte ihr doch gleich, nachdem sie aus dem Krankenhaus entlassen worden war, gemeinsame Urlaubsfotos gezeigt. Sonne. Wasser. Himmel. Schnell dahinziehende Wolken. Keine bedrohlichen, sie brachten keinen Regen. Glück. Ein bestimmter Geruch, leicht süßlich. War es Sonnencreme?

„Nicht so wie immer", sagte Christine.

„Wie bitte?"

„Nicht so wie immer. Ich will heute etwas ganz anderes."

„Etwas ganz anderes?" Verwundert ließ Sieglinde die Schere sinken. Aus ihrer Reaktion schloss Christine, dass sie früher nie etwas anderes gewollt hatte, sondern immer das Gleiche.

„Du willst also sozusagen ein ganz neuer Mensch sein?"

„Ja, so könnte man sagen."

„Na, wie gut, dass dir das noch rechtzeitig einfällt." Sieglinde zog einen Stuhl mit Rollen heran und setzte sich hinter Christine. „Dann erzähl mal, was hast du dir denn vorgestellt?"

Und während Sieglinde sich nach der kurzen Diskussion über den Haarschnitt beschwingt an die Arbeit machte, offenbar froh, dass es diesmal ganz anders sein sollte und für sie eine Herausforderung, betrachtete Christine abwechselnd ihre Friseurin – die hin und wieder Dinge sagte wie: „Dann machen wir das heute so" oder „hier lasse ich es etwas länger als sonst" –, sich selbst und die Unendlichkeit in dem großen Spiegel. Die Unendlichkeit, auf die sie überraschend in einem Friseursalon in Kreuzberg traf, der mit seinen orangefarbenen Wänden, den vielen Grünpflanzen und einem Vogelkäfig mit zwei tschilpenden Wellensittichen wie ein gemütliches Wohnzimmer wirkte. Zahlen sind unendlich, dachte Christine. Woher wusste sie das? Ein Kreis. Das Weltall. War Liebe unendlich? Nein, das war sie wohl nicht.

Sie sprach Sieglinde auf den Spiegeleffekt an.

„Unendlichkeit? Ach, darauf achte ich schon gar nicht mehr", antwortete die Friseurin. „Weißt du, wenn man hier jeden Tag steht ..."

Christine sah sich selbst an. Sieglinde. Sieglindes routinierte Handgriffe. Und zum ersten Mal seit ihrem Aufwachen im Krankenhaus fragte sie sich, ob sie eine Therapie brauchte, um sich zu erinnern, weil sie es alleine nicht schaffen würde und auch nicht mit Marions, Grits oder Martins Hilfe. Vielleicht Hypnose, so etwas gab es doch. Sie würde in einen schlafähnlichen Zustand versetzt und dann plötzlich, aus diesem Dunkel heraus, fiele ihr auf einen Schlag alles wieder ein.

Sieglinde schwieg jetzt, widmete sich ganz ihrer Arbeit und fragte nur zwischendurch nach Christines speziellen Wünschen, da sie heute ja die Absicht verfolgten, einen ganz anderen Menschen aus ihr zu machen. Christine war das Schweigen genehm, denn sie hatte genug zu überlegen. Genau genommen war sie von früh bis spät mit nur einem Gedanken beschäftigt: mit Eva. Mit der Rekonstruktion ihres Gesichts. Seit dem Abend bei Grit war ein Großteil ihrer Hirnaktivität damit ausgelastet. Zwischen ihre Gedanken, die sich mit dem Unendlichen einerseits und der Möglichkeit einer Therapie andererseits befassten, schob sich immer wieder Eva. Das unvollständige Bild ihres Gesichts, das Christine zusammenzusetzen versuchte.

Sieglinde brauchte lange, über eine Stunde.

„Und, gefällt's dir?", fragte sie, als sie fertig war, und zeigte Christine mit Hilfe eines kleineren Spiegels ihren Hinterkopf. „Bist du nun ein ganz anderer Mensch?"

„Ja, es gefällt mir", sagte Christine. Seltsam, sie hatte das Gefühl, sich nun nicht mehr ganz so fremd zu sein wie zuvor. „Das mit dem anderen Menschen muss sich noch zeigen. Aber ich bin auf dem besten Weg."

Nachdem sie ihre Jacke von der Garderobe genommen hatte, ging Christine zu dem Vogelkäfig mit den beiden Wellensittichen. Ein blauer und ein grüner. Ob es Wellensittichen in einem Friseursalon gut ging? Sie steckte einen Finger zwischen die Gitterstäbe, fragte sich, wie man mit Wellensittichen wohl sprach, aber die Vögel interessierten sich weder für sie noch für ihren Finger.

Sieglinde sah es und lachte. „Du hast die beiden noch nie beachtet. Dabei habe ich sie schon seit fünf Jahren. Wahrscheinlich brauchst du wirklich mal Urlaub. Und pass in Zukunft bei gefährlichen Schranktüren besser auf!"

Als sie wieder bei Marion in Charlottenburg war, klingelte das Telefon.

„Christine, hier ist dein Vater."

An ihre Eltern und ihre zwei Besuche im Krankenhaus – eigentlich an ihre gesamte Existenz – hatte Christine in den vergangenen zwei Wochen nicht mehr gedacht.

„Ich wollte mich nur erkundigen, wie es dir geht", sagte ihr Vater. Er sprach leise, nervös und gehetzt, so dass Christine Mühe hatte, ihn zu verstehen. „Ich habe es schon ein paar Mal bei dir zu Hause probiert, aber ich habe mir gedacht, dass du bei deiner ... deiner Freundin bist. Deine Mutter weiß nicht, dass ich anrufe."

„Wo ist sie denn?", fragte Christine.

„Bei der Nachbarin, Frau Baumgarten, du weißt schon."

Christine wusste es nicht.

„Sie kann jeden Augenblick zurückkommen. Dann muss ich Schluss machen."

Undeutlich sah Christine den schweigsamen Mann in Kordhosen und Strickjacke vor sich, seinen leicht gebeugten Gang.

„Deine Mutter ... nun, sie sagt, lass uns warten, bis sie sich selbst meldet, und wir rufen nicht bei dieser ... bei deiner Freundin an. Ich sage ja immer, Edith, sie lebt ihr eigenes Leben, ob dir das nun gefällt oder nicht, aber sie kann sich nicht damit abfinden. Du weißt ja, wie sie ist."

Christine wusste auch das nicht.

„Aber wir sind jetzt seit zweiundvierzig Jahren verheiratet", sagte ihr Vater, als würde das alles erklären.

Schnell, bevor die Mutter von ihrem Besuch bei Frau Baumgarten zurückkehrte, berichtete Christine ihm, dass sie noch immer unter Gedächtnisverlust leide, aber auf dem Weg der Besserung sei. Warum sie das sagte, wusste sie nicht – wahrscheinlich, um ihren Vater nicht zu beunruhigen, wenn er es schon auf sich nahm, etwas Verbotenes zu riskieren, nämlich die Tochter heimlich bei *dieser Freundin* anzurufen. Plötzlich tat er ihr leid, sein leicht gebeugter Gang, sein kahl werdender Kopf mit den wenigen verbliebenen, weiß gewordenen Haaren, die widerborstig in alle Richtungen abstanden.

Bei der Verabschiedung sagte er, er werde sich wieder bei ihr melden. Vermutlich dann, dachte Christine, wenn die

Mutter bei einer anderen Nachbarin ist, beim Friseur oder beim Arzt. Er sprach noch über den Garten, das Haus und Christine konnte es sich nicht vorstellen. Sie konnte sich noch nicht einmal vorstellen, auf welchem Stuhl, Sessel oder Sofa er beim Telefonieren saß. Ob Christine sie nicht bald besuchen wolle? Sie sei schon so lange nicht mehr zu Hause gewesen. Und jetzt, wo sie doch einen Kranken-schein habe. *Zu Hause.* Ihre Eltern, ihr Elternhaus, der Ort, in dem sie aufgewachsen und zur Schule gegangen war – all das kannte sie viel länger als Marion, länger als Grit. Es musste so tief in ihrem Gedächtnis verwurzelt sein, dass es nicht zu löschen wäre, niemals. Aber wollte sie wirklich ihre Mutter besuchen, die niemals bei Marion anrief? Hatte Christine in ihrer Jugend schon Freundinnen gehabt, in der kleinen Stadt in Nordrhein-Westfalen, von der sie ebenso wenig eine Vorstellung hatte wie vom Haus ihrer Eltern? Sie musste unbedingt Marion fragen, ob sie etwas darüber wusste. Ein Bild kam ihr in den Sinn, das sie jedoch nicht einer vagen Erinnerung, sondern ihrer Fanta-sie zuschrieb: Ihre Mutter erwischt die Tochter in flagranti mit einem anderen Mädchen im viel zu schmalen Bett des Jugendzimmers und gebärdet sich ebenso hysterisch wie im Krankenhaus. Hatte ihre Mutter die Hoffnung auf einen Schwiegersohn noch nicht aufgegeben, obwohl Christine schon achtunddreißig war? Indem sie nie bei Marion anrief, war Marion dadurch für die Mutter nicht real? Martin fiel ihr ein, der adrette, höfliche, wortgewandte Martin, der sicher ganz nach ihrem Geschmack wäre.

Doch das Bild, das auch jetzt alle anderen Bilder in den Schatten stellte, sich über sie legte, das Bild, das Christines Gedanken restlos ausfüllte, war Evas Gesicht.

14

Es war schöner. Evas Gesicht war noch viel schöner als in Christines Vorstellung und sie konnte sich nicht recht entscheiden, ob sie es immerzu ansehen oder lieber wegschauen wollte. Vielleicht war etwas Schönes anzusehen manchmal kaum zu ertragen? Und war der Grund hierfür versteckter Neid, weil sie selbst in ihren Augen eine eher mittelmäßige Erscheinung bot? Oder war es der heimliche Wunsch, diese Schönheit am liebsten immer um sich zu haben, sie jeden Tag genießen zu können?

Eva musste ihr doch bereits früher aufgefallen sein, wenn sie mit Grit befreundet war. Christine fragte sich, ob sie Schönheit in ihrem alten Leben nach denselben Kriterien beurteilt hatte wie heute. Gab es dafür überhaupt Kriterien? War sie früher blind gewesen? Absorbiert von ihrer unverbrüchlichen Liebe zu Marion? Allein Evas mehrjähriger Auslandsaufenthalt konnte erklären, dass sie ihr Gesicht vergessen haben sollte.

Ausgerüstet mit Schlägern, Bällen und einem kleinen Klemmbrett schritten sie langsam zu Bahn eins. Bei ihrem Spaziergang waren sie zufällig an einem Minigolfplatz vorbeigekommen und Eva hatte gesagt: „Oh, komm, lass uns nachsehen, ob noch geöffnet ist. Hast du Lust?" Christine wusste zwar nicht mehr, was Minigolfspielen war, aber sie hatte Lust. Sie hätte zu allen Dingen, an die sie sich nicht mehr erinnerte, Lust gehabt, solange nur Eva in ihrer Nähe war.

Ein kühler, herbstlicher Wind wehte, der Himmel war bedeckt und es konnte jeden Moment zu regnen beginnen. Die Schläger und Bälle waren ihnen fast widerwillig überreicht worden, als hätte der mürrische Mann, der sie austeilte, in diesem Jahr kein Interesse mehr an Kundschaft. Außer ihnen befand sich nur eine andere Person auf dem Platz: eine Frau um die sechzig, vertieft in das Spiel. Im ersten Augenblick befürchtete Christine, es könnte sich um die rätselhafte Frau Berger handeln. Warum sollte sie nicht auch hier auftauchen, wenn sie sonst überall lauerte? Aber bei genauerem Hinsehen stellte sie fest, dass es nicht Frau Berger war. Statt des altmodischen grauen Mantels trug sie bunte Freizeitkleidung. Sportlich. Atmungsaktiv. Was für seltsame Begriffe Christine in den Sinn kamen. Manchmal wunderte sie sich über ihren nicht verloren gegangenen Wortschatz.

Eva betrachtete skeptisch ihren Schläger. „Ich kann mich nicht mehr entsinnen, wann ich es das letzte Mal gemacht habe. Es muss ewig her sein."

Um was für Lappalien es sich doch handelte, wenn andere davon sprachen, was sie vergessen hatten! Christine Hoffmann hätte sie alle problemlos übertrumpfen können. Sie konnte sich noch nicht einmal daran erinnern, ob sie es überhaupt je getan hatte. Wusste sie, wie man den Schläger hielt und welche Bewegung man ausführen musste? Doch Eva hatte ihr versichert, ausnahmslos jeder Mensch hierzulande habe es irgendwann einmal getan, so wie auch jeder mindestens einmal im Leben einen Tischtennisschläger in der Hand gehalten habe. Und Christine sei da ganz sicher keine Ausnahme.

Über das Tischtennisspielen und sonstige Fertigkeiten könnte Christine anschließend nachdenken. Jetzt kam es nur auf den Minigolfschläger und den kleinen, harten Ball an.

„Fang an!", befahl Eva.

„Wieso ich?"

„Frag nicht. Fang einfach an."

Christine wusste immer noch nicht, wie man den Schläger hielt. Soweit sie erkennen konnte, gab es allerdings nicht viele Möglichkeiten. Sie legte den Ball – sie hatte den grünen gewählt – auf den vorgegebenen Punkt und versetzte ihn zu ihrem eigenen Erstaunen mit einem einzigen präzisen Schlag in das Loch am anderen Ende der Bahn.

„So so, du hast also angeblich alles vergessen", sagte Eva. Sie benötigte zwei Schläge für die erste Bahn, die keinerlei Hindernis aufwies, und Christine notierte das Ergebnis auf dem kleinen Zettel, der ihnen zusammen mit dem Klemmbrett ausgehändigt worden war. An dem Klemmbrett hing ein billiger Kugelschreiber. Beim Schreiben stieg eine Erinnerung in Christine empor: Sie hatte es schon einmal gesehen, in der Hand gehalten. Ein ganz ähnliches Klemmbrett, Jahre oder vielleicht auch Jahrzehnte zuvor, daran war mit Bindfaden kein Kugelschreiber, sondern ein Bleistiftstummel befestigt gewesen. Sonnenschein. Heitere Stimmung. Kleines Glück. Dann Tränen. Weil sie verloren hatte? Dieses Bild hielt Christine für echt. Kein Traum. Wahrscheinlich hatte Eva recht und auch Christine hatte in ihrem Leben schon einmal Minigolf gespielt.

Sie hielten sich an die vorgegebene Reihenfolge, begannen bei der ersten Bahn und arbeiteten sich weiter vor. Die Frau ohne Begleitung machte es ebenso.

„Muss man eigentlich immer die richtige Reihenfolge einhalten?", fragte Christine. „Darf man nie zuerst Bahn vierzehn spielen und danach Bahn neun?"

Voller Ernst erklärte Eva etwas vom sich steigernden Schwierigkeitsgrad, bis sie schließlich zugab, dass es möglicherweise unerheblich war. Eva war ohnehin im Begriff zu verlieren. Christine meisterte jede Bahn mit wenigen Schlägen. Mit leichtfüßiger Sicherheit und genau dem notwendigen Schwung beförderte sie ihren grünen Ball über Hügel, durch Röhren, über jedes noch so unpassierbar scheinende Hindernis und durch jede noch so kleine

Öffnung hindurch, selbst dann, wenn sie kaum größer war als der Ball selbst.

Manchmal kamen sie der sportlich wirkenden Frau ein Stück näher, die sie nicht beachtete, so konzentriert war sie. Immer dann konnte Christine sich davon überzeugen, dass es sich garantiert nicht um Frau Berger handelte. Frau Berger war bloß ein Spukgespenst. Und Minigolfplätze stimmten heiter, selbst ohne Sonnenschein. Christine sorgte sich wegen gar nichts. Aber vielleicht lag das auch an Evas Gegenwart.

„Die Frau hat einen ganz anderen Schläger als wir", stellte Christine fest. Und nicht nur das, offenbar bewahrte sie auch unterschiedliche Bälle in ihrer Jackentasche auf.

„Von zu Hause mitgebracht", vermutete Eva. „Wahrscheinlich macht sie das einmal pro Woche oder noch öfter. Die meisten Leute haben irgendein Hobby. Du sicher auch. Deins kennst du nur noch nicht."

„Minigolfspielen mit dir wäre ein schönes Hobby", sagte Christine.

„So wie's aussieht, müsste ich dann wohl erst mal trainieren", erwiderte Eva und besah sich den Punktestand. „Du hast bestimmt nicht nur einmal in deinem Leben so einen Schläger in der Hand gehalten. Wer weiß, wahrscheinlich hast du Golf gespielt und niemand sagt es dir."

Und niemand sagt es dir.

Eva hatte einen Scherz gemacht, nichts weiter, aber Christine damit an eine Befürchtung erinnert, die ihr seit einigen Tagen nicht aus dem Kopf ging und die sie am liebsten verscheucht hätte: Verschwieg Marion ihr etwas? Etwas viel Wesentlicheres als Hobbys? Und sogar Grit, ihre beste Freundin?

Als sie Bahn achtzehn, die letzte, hinter sich gebracht hatten – Christine souverän mit vier Schlägen, Eva erfolglos mit einem zusätzlichen Strafpunkt, worüber sie ein bisschen jammerte –, war die Frau mit der Profiausrüstung längst verschwunden. Nun waren sie allein auf dem Platz.

Der zu erwartende Regen stellte sich noch immer nicht ein, obwohl der Himmel unverändert danach aussah. Christine bedauerte es beinahe. Auf Grits Balkon hatten sie nebeneinander im Regen gestanden. Auf Grits Balkon, im Regen, hatte sie zum ersten Mal gedacht, wie schön Eva war. Das Gesicht, das Christine sich sooft vorzustellen versucht hatte, das ihr immer wieder entglitten war, jetzt hatte sie es vor sich.

„Lädt mich die Siegerin jetzt nebenan zum Kaffee ein?", fragte Eva.

„Nichts täte ich lieber." Kaffeetrinken bedeutete, sie könnte Evas Gesicht noch länger ansehen. Es bedeutete, ihre Verabredung war noch nicht zu Ende, sondern dauerte an.

Sie gaben Schläger und Bälle ab, den Zettel mit dem Punktestand steckte Christine in die Tasche. Eine Erinnerung. Er wäre eines der ersten Andenken in ihrem neuen Leben.

Nachdem der Kellner den Kaffee gebracht hatte und wieder hinter der Theke verschwunden war, sagte Eva: „Ich habe gesehen, dass du in Grits Badezimmer geweint hast."

Christine wandte ihren Blick ab und sah zum Fenster. Eine der letzten Fliegen des zurückliegenden Sommers hatte sich von außen auf die Scheibe gesetzt, vom unweigerlichen Herannahen des Herbstes überrascht. Immerhin, dachte Christine, die Fliege weiß im Unterschied zu mir, woher sie kommt. Aus dem Sommer. Eva hatte ihr das Weinen angesehen. Für einen kurzen Moment fühlte Christine sich bloßgestellt – mehr noch als im Krankenhaus, in dem alle sie angefasst und über die Röntgenbilder ihres Gehirns debattiert hatten. Sie wollte es zuerst abstreiten, sagen, Eva habe sich getäuscht und wie sie denn darauf komme. Doch dann merkte sie, dass es ihr nicht unangenehm war. Es gefiel ihr sogar.

„Woran hast du es gesehen?", fragte sie.

„An deinen Augen", sagte Eva.

Sie sahen sich an, es war fast, als berührten sie sich. Eine Berührung, darauf lief es hinaus. Christine hatte vergessen, die richtigen Zeichen zu erkennen, dennoch wusste sie in dieser Sekunde, dass es einen Moment gab, in dem nichts eine Berührung aufhalten konnte, keine Angst, kein Zögern, keine Unsicherheit. Einen Moment, in dem es getan werden musste, bevor er verstrich. Dringend. Dringend, unbedingt, sonst ... sonst was? Könnte Christine nicht mehr weiterleben? Wäre die Chance unwiederbringlich verloren? Sie schob ihre Hand ein wenig in Evas Richtung, zog sie jedoch wieder zurück, bevor sie sie erreicht hatte. Ausgerechnet jetzt begann ihr linkes Auge zu zucken und sie dachte, dass Eva es wahrscheinlich sah. Hartnäckig zuckte das Auge weiter. Vielleicht lag es am Schlafmangel der vergangenen Nächte, in denen Christine meist wach neben Marion gelegen hatte.

Christine fuhr an diesem Nachmittag nicht zu Marion, sondern ging zu Fuß zu ihrer eigenen Wohnung in der Liegnitzer Straße. Eva begleitete sie ein Stück. Marion und sie waren nicht verabredet, doch Marion würde, wie jeden Tag, davon ausgehen, dass sie den Abend miteinander verbrächten. So gut glaubte Christine sie inzwischen zu kennen.

Eva hatte gesagt, sie wolle Christine gern wiedersehen, bald, und so fiel Christine der Abschied von ihr nicht allzu schwer. Vielleicht war der Moment einer Berührung doch nicht unwiederbringlich verloren.

„Übermorgen?", fragte Christine. Morgen, das erschien ihr zu aufdringlich, nächste Woche zu weit weg.

„Ja, übermorgen", sagte Eva.

Als sie ging, versuchte Christine, sich ihr Gesicht genau einzuprägen, um es bis übermorgen jederzeit abrufen zu können.

In Christines Wohnung sah es noch genauso aus wie bei dem Besuch mit Grit. Die Bücher und Papiere lagen unverändert auf dem Fußboden vor dem Sofa, so wie Grit sie dort hingelegt hatte. Christine hatte sie nicht angetastet, obwohl sie seitdem zweimal in ihrer Wohnung gewesen war. Noch immer erschienen sie ihr wie die Unterlagen eines anderen Menschen, der einer Arbeit nachging, von der sie nicht die leiseste Ahnung hatte. Sie suchte nach einem leeren Blatt, nahm einen herumliegenden Bleistift und setzte sich zu den Papieren auf den Fußboden. Auf das Blatt schrieb sie ihren Namen, um ihre Handschrift mit den Notizen zu vergleichen. Ihre Handschrift war recht groß, was in Christines Augen nicht zu einem depressiven Charakter passte. Die alte und die neue Schrift stimmten miteinander überein. Oder zumindest sah es auf den ersten Blick so aus. Ihre heutige Schrift war lediglich ein wenig ordentlicher als ihre frühere. Ein weiterer Beweis, dass sie Christine Hoffmann war, dass sie existiert hatte und noch immer existierte, dass sogar noch etwas von ihrem früheren Ich übrig war: die Handschrift.

Christine hatte bis jetzt keinen Anlass gesehen, sich in der Liegnitzer Straße auf ein längeres Bleiben einzurichten. Schließlich wohnte sie bei Marion. Niemand hatte nach ihrem Unfall und ihrer Entlassung aus dem Krankenhaus gefragt, ob sie bei Marion einziehen wolle – alle waren selbstverständlich davon ausgegangen, dass sie es täte. Christine hatte sich so verhalten, wie es von ihr erwartet wurde. Warum hatte sie eigentlich niemand gefragt, am allerwenigsten Marion? Und war es früher auch so gewesen? War Christine Hoffmann ein Mensch, der sich stets nach anderen richtete?

Als hätte sie direkten Zugriff auf ihre Gedanken, rief in diesem Moment Marion an.

Sie verstehe natürlich, dass Christine sich mit ihrer Wohnung vertraut machen wolle, sagte sie. Verstand Marion immer alles, einfach restlos alles? Aber trotzdem, ob Christine bald nach Hause komme? Alles warte auf sie – das Essen, Marion selbst natürlich ganz besonders und außerdem eine Überraschung.

Christine wollte an diesem Tag hier bleiben. Sie wollte ihr eigenes Bett neu beziehen, das nicht mehr gut roch; weiß der Himmel, dachte sie, wie lange sich dieser Bezug schon darauf befindet. Außerdem mochte sie die Farbe der Bettwäsche nicht. Sie wollte ihren Computer einschalten, ihre Arbeitsunterlagen durchsehen. Ihre Krankschreibung würde nicht ewig dauern. Allerdings hegte sie keine allzu große Hoffnung, sich an ihre Forschung zu erinnern. Falls sie über etwas geforscht hatte, wovon sie ausging. Martin hatte allerdings immer nur über seine eigene Doktorarbeit geredet, ihre nicht erwähnt. Wenn man ihr erzählt hätte, sie sei Biologin oder Spezialistin für Ur- und Frühgeschichte oder für Dinosaurierknochen oder sie sei Bankangestellte oder Verkäuferin für Schreibwaren oder lediglich Marions Ehefrau, hätte sie es auch geglaubt. Im letzteren Fall wäre sie dann allerdings für das Einkaufen und Kochen zuständig gewesen.

Christine wollte ins Leben zurück. Sie musste ins Leben zurück. Fraglich war, wie sie viele Jahre des Studiums der Geschichte in wenigen Wochen nachholen sollte, wenn sie sich nicht bald erinnerte. Und damit rechnete sie inzwischen nicht mehr. Konnte man ihr womöglich ihren Studienabschluss aberkennen? Sie war auf Martin angewiesen, mit dem sie offenbar ja noch etwas ganz anderes verband. Sie bräuchte eine Art Nachhilfeunterricht von ihm. Vielleicht musste sie aber auch ihr ganzes Leben ändern. Taten andere Menschen das nicht immerfort und andauernd? Ihr Leben ändern? Ihr würde es im Unterschied zu anderen noch nicht einmal wehtun, denn sie hatte kein altes Leben mehr, von dem sie sich schmerzlich verabschieden musste. Kein Trennungsschmerz in Sicht.

Marion hatte wie jeden Tag nach der Arbeit für das Abendessen eingekauft. Marion war wie jeden Tag für sie da und erwartete sie. Sie zeigte sich enttäuscht von Christines Wunsch, allein in der Liegnitzer Straße zu bleiben. Sie war nicht nur ein bisschen enttäuscht – eine Enttäuschung, bei der man hätte sagen können: „Na ja, schade, aber macht nichts, dann sehen wir uns morgen" –, sondern so sehr, dass sie einen Moment ihre Stimme nicht mehr unter Kontrolle hatte.

„Vor ein paar Tagen hatte ich zum ersten Mal das Gefühl, dass nun endlich alles wieder gut wird", sagte Marion traurig. „Aber jetzt ist es kaputt."

Christine schämte sich. Sie machte Marion unglücklich. Sie tat ihr weh. Auch früher schon, womöglich acht Jahre lang? Doch sie wollte heute allein sein und wenn sie ehrlich war, wollte sie es auch, um sich in Ruhe Evas Gesicht vorzustellen.

Marion musste ihr im Lauf der acht Jahre irgendwann einmal geschrieben haben, vielleicht, als sie sich kennengelernt und umeinander geworben hatten, wenigstens einen kleinen Zettel, eine Postkarte. Martin fiel ihr ein. Möglicherweise hatte auch er ihr geschrieben: leidenschaftliche Liebesbriefe einer heimlichen Affäre. Sie ging an ihren Schreibtisch, an Schubladen und Schränke, auf der Suche nach privater Post.

15

Hatte sie nie Liebesbriefe geschrieben? Und nie welche erhalten? Christine fand in ihrer Wohnung nichts dergleichen, weder auf Papier noch in den Verzeichnissen auf ihrem Computer oder den E-Mails. Von einer Historikerin hätte sie erwartet, dass sie geradezu zwanghaft Dokumente aufbewahrte, auch private, um die Vergangenheit gegenwärtig zu halten. Doch das Fehlen persönlicher Schriftstücke rückte ihr altes Leben, von dem sie geglaubt hatte, ihm in den vergangenen Tagen ein winzig kleines Stück nähergekommen zu sein, wieder in weite, unerreichbare Ferne.

Christine hatte gehofft, mit Hilfe von Briefen ihrer Beziehung zu Marion auf die Spur zu kommen. Ihrer geheimnisvollen Affäre mit Martin, über die noch nicht einmal Grit Bescheid wusste. Oder wusste Grit sehr wohl davon und schwieg? *Und niemand sagt es dir.* Sagten die Menschen in ihrer nächsten Umgebung Christine die Wahrheit? Marion. Martin. War es Zufall oder hatte sie einen Tick, eine Marotte, und suchte sich für intime Beziehungen immer Menschen aus, deren Vorname mit „M" begann? Vielleicht hatte es früher noch Martinas, Monikas oder Mandys gegeben. Oder auch Markusse, dachte sie, wer weiß. Sie musste Grit nach den Namen ihrer vergangenen Liebschaften fragen. Aber möglicherweise suchte

Christine sich auch nie jemanden aus, sondern sie wurde von anderen erwählt?

Christine hatte auf Briefe gehofft, in großer Leidenschaft oder ungeheurer Wut verfasst. Die ihr nicht nur Auskunft über den Charakter ihrer Liebesbeziehungen, sondern auch über ihr eigenes Wesen gäben. Briefe, so dachte sie, werden in Ausnahmezuständen geschrieben, angetrieben von drängendem Verlangen, von schmerzhafter Sehnsucht oder Verzweiflung. Seit ihrer Entlassung aus dem Krankenhaus war sie manchmal versucht, einen Brief an Marion zu schreiben. Doch ein solcher Brief hätte ausschließlich aus Fragen bestanden – Wer bin ich? Wer sind wir? Wo sind meine Gefühle für dich geblieben? – und deshalb hatte sie es bislang unterlassen.

Was sie jetzt gern getan hätte, kam immerhin ihrem Beruf, dem Forschen, schon sehr nahe: Dokumente sichten, sortieren, einordnen, anhand schriftlicher Quellen die Vergangenheit erklären. Doch sie fand keine Dokumente, in der ganzen Wohnung nicht. Kein Schriftstück, das mit „Liebe Christine" begann, mit „Liebste" oder auch mit „Christine, du blöde Kuh". Selbst eine Beschimpfung als Anrede wäre ihr recht gewesen. Stattdessen war sie inmitten dieser neuerlichen Leere wieder bei null angelangt. Es war beinahe so wie im Krankenhaus: Sie war eine Fremde. Sie hatte keine Vorgeschichte. Niemand sprach sie an. Niemandem war sie wichtig genug, um sie zu kritisieren, um zu klagen oder um ihr die große Liebe zu versichern. Niemand hatte nachts, wenn alle anderen schliefen, bei Kerzenschein am Schreibtisch gesessen und voller Sehnsucht einen Liebesbrief an sie geschrieben. Und nicht nur das – ein Tagebuch suchte Christine in ihrer Wohnung ebenso vergeblich.

Sie bezog ihr Bett und wählte Bettwäsche aus, die im Schrank ganz unten gelegen hatte, was wohl darauf hindeutete, dass sie früher selten benutzt worden war. Darüber wunderte sich Christine nicht allzu sehr, hatte sie doch bereits festgestellt, dass Geschmack sich offenbar verändern konnte. Sogar unter der Wäsche, im hintersten Winkel des Schranks, suchte sie nach Briefen oder einem Tagebuch, ohne Erfolg. Danach ging sie ein zweites Mal an diesem Tag am Kanal spazieren; der Kanal zog sie auf sonderbare Weise an. Sie dachte an Eva. Wenn sie ehrlich war, dachte sie unentwegt an Eva, seit sie ihr das erste Mal in ihrem neuen Leben begegnet war. Statt ihr die Erinnerung an ihr früheres Leben zurückzugeben, war ihr Gehirn vollauf damit beschäftigt, Eva zu rekonstruieren, ihre Hände, den Klang ihrer Stimme hörbar zu machen. Christine ersehnte Evas Gegenwart. Mit ihr hätte sie den ganzen Tag hier entlanggehen können.

Noch immer kein Regen, obwohl der Himmel so aussah, als wollte er sich ungeheurer Wassermassen entledigen. In einem leicht schmuddeligen Lokal, in dem sie der einzige Gast war, aß Christine eine Pizza und fragte sich, ob ihr die Auswahl früher auch so schwer gefallen war: untereinander aufgelistete Pizzas über drei Seiten, sie unterschieden sich nur minimal. Sie hatte den Eindruck, dass der Kellner sie kannte. Hatte sie früher oft hier gegessen? Ein hübsches Bild, das ihr auf Anhieb gefiel: die Forscherin, die zu Hause arbeitete, in einem heillosen Chaos aus Büchern und Papier, und zwischendurch eine Pizza essen ging, um den Kopf frei zu bekommen. Oder kochte sie sich etwas, wenn sie in der Liegnitzer Straße arbeitete? Konnte sie überhaupt kochen? Seltsam, sie wusste es nicht.

Christine hätte Eva am liebsten sofort wiedergesehen, nicht erst übermorgen. Was hätte die alte Christine Hoffmann in solch einem Fall wohl getan? Hätte sie Eva auf der Stelle angerufen und gesagt: Ich will dich sofort sehen, es ist mir egal, ob es erst ein paar Stunden her ist, seit wir uns verabschiedet haben, es ist mir sogar egal, ob du gerade Zeit hast, es ist mir egal, ob du zu mir kommst oder ich zu dir, aber es muss jetzt sofort sein.

Am Kanal ging sie an einer steinernen Treppe vorbei, eine Erinnerung stieg auf. Aber bevor sie die Oberfläche erreichte, bevor sie sich zu einem konkreten Bild formte, das blieb, zog sie sich wieder zurück, verschwand irgendwo in Christine, ohne dass sie sie fassen konnte. Die Erinnerung entglitt ihr, immer wenn sie glaubte, sie festzuhalten zu können, wie ein Stück Seife, das aus der Hand rutschte und anschließend sofort durch die Löcher des Abflusses verschwand.

Wieder zu Hause suchte Christine weiter nach Dokumenten. Briefe oder ein Tagebuch fand sie immer noch nicht, dafür Fotos in einer Kiste mit staubigem Deckel. Die Fotos hatte sie schon vorher entdeckt, ihren Anblick aber zunächst gemieden. Familienbilder, auf denen sie ihre Eltern wiedererkannte, der Vater mit dunklerem und dichterem Haar als heute, die Mutter schon damals mit dem Ansatz eines verbitterten Zuges um den Mund. Ein Bruder, dem Christine nicht ähnlich sah – zumindest vermutete sie, dass es sich um ihren drei Jahre älteren Bruder handelte –, von dem ihre Mutter im Krankenhaus und später auch Marion und Grit erzählt hatten. Ihren Bruder sehe sie so selten, hatte Grit gesagt, dass er ihrem Gedächtnis bestimmt nicht auf die Sprünge helfen könnte. Christine Hoffmann mit sechs Jahren bei der Einschulung, im grünen Kleid, genau so, wie Marion gesagt hatte. Ähnliche Urlaubsbilder wie die zu Hause bei Marion. Außerdem Gesichter ihr unbekannter junger Frauen und ihr eigenes, viel jünger als heute, ungefähr Anfang zwanzig. Ein Gesicht noch ganz ohne Spuren.

War sie damals auch schon schwermütig gewesen? Die Tatsache, dass sie nur auf wenigen Fotos lächelte, ließ es vermuten. Vielleicht war es ja gut, dass sie entweder keine Briefe aufgehoben oder nie welche erhalten hatte. Das Dunkle der Seele. Das Dunkle der Seele, dachte sie, niemand will es wirklich kennenlernen. Auch ich nicht. Bereits auf Christines Einschulungsfoto ein leicht skeptischer Blick – nicht sogar ein trauriger? –, wohingegen die anderen Kinder um die Wette strahlten, aus Vorfreude auf die Schule oder aus Stolz. Die große Schultüte, die Christine mit beiden Händen festhielt, biss sich farblich mit ihrem Kleid. Vielleicht war sie an jenem Tag unglücklich wegen ihres Kleides gewesen, daher der Blick.

Auf einem anderen Foto eine ältere Frau mit vielen Spuren im Gesicht, im Hintergrund ein altmodischer weißer Küchenschrank. Ein weißer Tisch mit einer Schublade und grau karierter Tischplatte. Am Bildrand ein Vogelkäfig. Für einen Sekundenbruchteil stieg Christine ein Geruch in die Nase, als wüsste sie, wie es in der Küche auf dem Foto roch, aber er erwies sich als ebenso flüchtig wie die Erinnerung an die steinernen Stufen am Landwehrkanal und verwehte.

Christine goss den angebrochenen Weißwein aus dem Kühlschrank weg und öffnete eine neue Flasche, die sie im Schrank entdeckt hatte. In ihrer Wohnung fand sie sich erstaunlich gut zurecht, die Logik der Ordnung behagte ihr. Aus diesem Grund war sie auch sicher, keine Briefe, kein Tagebuch übersehen zu haben, es sei denn, sie waren unter den alten Holzdielen des Fußbodens versteckt. Der Wein war zu warm. Seltsam, dass sie sich selbst nicht mehr kannte, aber noch wusste, welche Temperatur Weißwein erforderte.

Sie ging ins Schlafzimmer an ihren Schreibtisch und besah sich sehr oberflächlich die Dateien auf ihrem Computer. Sie konnte nichts mit ihnen anfangen. Neunzehntes Jahrhundert, frühes zwanzigstes Jahrhundert. Ihr gefiel die Sprache der Texte und etwas wie Stolz blühte kurz auf, aber dann fragte sie sich, ob diese Texte überhaupt von ihr stammten. Vielleicht war Martin ja der Verfasser. Traurigkeit schlich sich heran und sogleich sah sie alles bestätigt: Sie litt unter Schwermut. Auch jetzt. Die Traurigkeit war schneller als sie, holte sie ein, bevor sie sich an sich selbst erinnern konnte. Wahrscheinlich war sie ein Teil von ihr, wurzelte so tief in ihrem Wesen, dass es unmöglich war, sie zu vergessen; immer wieder brach sie hervor wie eine Art

Unkraut, gegen das es kein Gift gab. Marion hatte recht. Sie hatte ja auch mit dem grünen Kleid auf dem Einschulungsfoto recht gehabt.

Nachdem sie die Fotokiste verschlossen und zurück an ihren Platz gestellt und den Computer ausgeschaltet hatte, ging Christine schlafen. Vom Bett aus konnte sie den Mond sehen, der fast, aber nicht ganz rund war. Sie wusste nicht, ob er zu- oder abnahm und war für einen Moment sogar deswegen traurig. Hätte sie es früher sagen können? Aber sie mochte den Geruch der Bettwäsche und sie war froh, dass sie allein war, nicht darum besorgt sein musste, Marion zu wecken. Nach wenigen Minuten schlief sie ein – ganz anders als neben Marion – und wachte in der Nacht kein einziges Mal auf.

Am Morgen konnte sie sich an keinen Traum erinnern und zu ihrem eigenen Erstaunen waren ihr zwei Dinge auf Anhieb klar, noch bevor sie richtig wach war: Der Mond, den sie gestern Abend gesehen hatte, nahm eindeutig zu und sie befand sich in ihrem eigenen Bett in der Liegnitzer Straße. In Marions Bett verhielt es sich anders. Immer noch, obwohl Christine seit dem Krankenhausaufenthalt jede Nacht dort schlief. Wenn sie in Marions Bett aufwachte, erschrak sie im ersten Moment, weil sie dann weder wusste, wer noch wo sie war. In Marions Wohnung verlor sich das Gefühl der Desorientierung meist erst dann, wenn Marion zur Schule gefahren war und sie sich mit einem Kaffee auf das sandfarbene Sofa in das schöne, helle Zimmer setzte. Nicht, dass ihr dann auf diesem Sofa plötzlich ihre Identität näher gerückt wäre, aber ihr Herz schlug ruhiger und der Anflug von Panik verschwand.

Nein, Christine korrigierte sich, es handelte sich um drei Dinge, die ihr direkt nach dem Erwachen klar waren: Der Mond nahm zu, sie lag in ihrem eigenen Bett und außerdem drängte sich ein außerordentlich mächtiges Gefühl in den Vordergrund, als wollte es die Hauptfigur sein, was ihm auch augenblicklich gelang. Ein Gefühl, beinahe verwandt mit Schmerz. Christine wusste sofort, wie es genannt wurde. Es hieß Sehnsucht. Es hieß Eva.

Sie resümierte: In ihrem eigenen Bett schlief sie gut, wachte zwischendurch nicht auf. Auf ihrem Computer befanden sich Textfragmente über das neunzehnte Jahrhundert, in einer Sprache, die ihr gefiel und die sie sogar verstand, aber offenbar hatte niemand ihr je einen Liebesbrief geschickt. Sie führte kein Tagebuch oder sie hatte alles weggeworfen. Sie war eine sich selbst fremde achtunddreißigjährige Frau, die sich nach einer Fremden sehnte.

16

Sehnsucht nach einer Fremden erschien Christine in ihrer Lebenssituation sehr passend. Sie fühlte sich frisch und wunderbar ausgeruht. Die Traurigkeit des zurückliegenden Abends war verschwunden; ein Grund hierfür war der Abschied von der alten Christine Hoffmann. Sie glaubte nicht mehr daran, dass sie je zu ihr zurückkehren würde, nicht heute, nicht morgen und nicht in drei Wochen, auch wenn Marion nicht müde wurde, sie zu trösten, und ihr immerzu versicherte, sie werde sich schon noch erinnern, bald.

„Bald, Christine, ganz bestimmt."

Aber wann würde dieses *Bald* sein?

„Du bist viel zu ungeduldig", sagte Marion oft. „Du musst dir Zeit lassen." Eine Therapie sei ihrer Meinung nicht nötig, verspreche keinen Erfolg. Manchmal schien sie sich sogar regelrecht davor zu fürchten, wenn Christine diese Möglichkeit in Betracht zog. Christine verwunderte das, da ja nicht Marion, sondern sie sich einer Therapie unterziehen müsste.

Christine wartete nicht mehr darauf. Offenbar war sie nicht so geduldig wie Marion. Warten war sinnlos. Verschwommene Bilder und undeutliche Gerüche setzten noch lange kein Puzzle zusammen. Der Entschluss, das Warten auf etwas, das möglicherweise nie eintrat, nach mehr als zwei langen Wochen endlich aufzugeben, erleichterte sie, stimmte sie geradezu fröhlich. Ihr war, etwas verspätet, eingefallen, dass der Mond zu- und nicht abnahm – wie hatte sie das vergessen können? – und schon morgen würde sie Eva wiedersehen. Morgen, nicht erst übermorgen! Die Sehnsucht nach ihr war nicht verschwunden, sondern im Gegenteil noch größer geworden. Als hätte sie sich über Nacht verfestigt, um nun zu einem Bestandteil ihres neuen Lebens zu werden.

Christine konnte sich nicht mehr daran entsinnen, was früher gewesen war – na und?

Beim ersten Telefonklingeln wusste sie, dass es Marion war. Kurz vor sieben am Morgen, Marion wäre jetzt angezogen und müsste in einer halben Stunde zum Unterricht fahren. In all den Tagen war Christine zusammen mit ihr aufgestanden, hatte dabei Marions Gewohnheiten kennengelernt. Marion saß nicht gern lange im Schlafanzug oder im Bademantel herum. Die Schultasche hätte sie bereits gestern Abend gepackt, ebenso ihre Kleidung für den heutigen Tag herausgelegt. Sie hätte jetzt eine Tasse Kaffee getrunken – ohne beim Trinken ein einziges Mal zu schlürfen und ohne ihre Tasse am Rand zu bekleckern – und sich die zweite eingegossen. An Marions Tasse lief außen niemals eine Kaffeespur entlang und sie aß, ohne zu krümeln. Wie machte sie das? Christine hatte versucht, es ihr gleichzutun, doch zumindest in ihrem neuen Leben war es ihr nicht gelungen.

Sie konnte sich vorstellen, wie Marion jetzt aussah, sogar, welche Kleidung sie trug. Seit mehr als zwei Wochen hatte sie Marion fast jeden Morgen die Wohnung verlassen sehen, während sie selbst untätig zu Hause geblieben war; zurückgelassen mit ihrer einzigen, aber nicht zu bewältigenden Aufgabe für den Tag: *Erinnere dich!* Immer wenn Marion die Tür geschlossen, wenn sich ihre Schritte im Treppenhaus entfernt hatten, hatte sich Christine dann als Erstes mit ihrer eigenen – bekleckerten – Tasse auf das sandfarbene Sofa gesetzt, angestrengt darum bemüht, ihrer Aufgabe gerecht zu werden.

Christine ließ es noch drei weitere Male klingeln, unfähig, sich zu rühren. Sie fragte sich, ob sie Marion jetzt gleich erzählen müsse, dass sie sich nach einem anderen Menschen sehnte. Oder ob sie damit noch warten solle. War so etwas früher schon einmal passiert, trotz ihrer glücklichen Liebesbeziehung? Und wenn ja, wie hatte Marion dann wohl reagiert? Enttäuscht? Wütend? Gekränkt? Nein, Marion wäre ganz sicher selbst dann verständnisvoll gewesen. Und wenn im Laufe der acht Jahre Marion ein Auge auf eine andere geworfen hatte? Sie hatte nichts dergleichen erwähnt, als sie über die Höhen und Tiefen ihrer Beziehung gesprochen hatte, die im Wesentlichen durch Höhen charakterisiert war, Geborgenheit und Glück. Christine war erstaunt, wie ungeheuer viel sie während der kurzen Zeitspanne, in der ein Telefon viermal klingelte, denken konnte.

Marion war an diesem Morgen anders als sonst. Sie klang müde, aber zugleich auch aufgebracht. Ihre Stimme, die Christine als überaus weich kannte, war rau und belegt. Sie sprach undeutlich und schnell. In beachtlichem Tempo machte sie Christine Liebeserklärungen, sagte ihr all das, was sie ihr in den vergangenen acht Jahren offenbar niemals geschrieben hatte: wie sehr sie Christine liebe, dass sie ihr fehle, schon nach einem Tag. Nein, sie habe letzte Nacht gar nicht geschlafen. Sie habe kein Auge zutun können. Christine stellte sich vor, dass die Falten, die von ihren Nasenflügeln zum Mund verliefen, nach solch einer schlaflosen Nacht besonders tief eingekerbt wären. Christine solle nach Hause kommen, zu ihr. Alleinsein tue ihr nicht gut, das wisse sie doch, und jetzt, jetzt sei es besonders schädlich für sie. An dieser Stelle entschuldigte sie sich – nein, das könne sie gar nicht wissen, das habe sie ja auch vergessen. Wie gut, dass es Marion gab, um es ihr zu sagen. Die nächsten Sätze begannen mit „damit du es weißt". Alleinsein verführe Christine zu dunklem, vernichtendem Grübeln. Alleinsein sei gefährlich für sie. *Damit du es weißt.* Mit langem Alleinsein begännen sie immer – Christines Stimmungen.

Stimmungen. Hatte Christine am Abend zuvor, als sie plötzlich traurig wurde, unter solchen Stimmungen gelitten?

„Du bist doch da, wenn ich aus der Schule komme?", fragte Marion. Fast klang es ängstlich und flehend, nicht so souverän wie sonst. „Christine, ich liebe dich. Ich liebe dich so sehr. So sehr, dass du es dir gar nicht vorstellen kannst. Du bist die große Liebe meines Lebens. Die einzige."

Marion liebte sie. Es bestand kein Grund, an dieser Aussage zu zweifeln. Marion hatte ihretwegen die ganze Nacht nicht geschlafen. Gab es einen besseren Beweis?

Dann kehrte Marions gewohnt weiche Stimme zurück, so plötzlich, als wären die Minuten davor nur ein flüchtiger Traum um sieben Uhr morgens gewesen, das falsche Programm, versehentlich abgespielt und nun korrigiert. Ihre Sätze klangen wieder ruhig und besonnen. Alles war so wie immer – sofern man bei Christine Hoffmann von einem *Wie-immer* reden konnte.

„Ich muss jetzt los, mein Engel", sagte Marion. „Ich kaufe auf dem Nachhauseweg ein, in Ordnung? Was möchtest du denn? Ach, mir fällt schon etwas ein. Ich weiß ja, was du magst. Christine, es tut mir leid, dass ich dich so früh geweckt und ein bisschen überreagiert habe, aber ich mache mir wirklich Sorgen um dich. Das alles ist auch für mich nicht ganz einfach."

„Ich weiß", sagte Christine. „Aber du musst dir keine Sorgen machen. Mir geht es gut."

„Das denkst du nur", sagte Marion so leise, dass Christine es fast nicht verstand, und bevor sie nachfragen konnte, was sie damit gemeint habe, hatte Marion schon aufgelegt.

Christine kaufte fürs Frühstück ein – sie wollte unbedingt in ihrer Wohnung frühstücken, allein, auch auf die Gefahr hin, dass Alleinsein ihr möglicherweise nicht guttat – und vermied es, in die Nähe des Kanals zu kommen, denn seine magische Anziehungskraft war ihr heute nicht geheuer. Danach beschloss sie, bald Martin anzurufen, sich von ihm die Texte auf ihrem Computer erklären zu lassen, ihn um Unterstützung zu bitten, die er ihr mehrfach angeboten hatte. Ihr blieb nichts anderes übrig, wenn ihr auch amouröse Verwicklungen mit ihm als sehr hinderlich erschienen.

Beim Frühstück fiel ihr das Foto der älteren Frau in der angestaubten Kiste ein, das sie von allen Fotos am meisten interessierte.

Sie holte die Kiste, wühlte in ihr herum, ließ die jungen, ihr unbekannten Frauen, sich selbst und die Urlaubsfotos mit Marion, auf denen sie manchmal lächelte – sah sie dort nicht sogar glücklich aus? –, links liegen. Auch das Einschulungsfoto, auf dem sie das verhasste grüne Kleid trug, beachtete sie an diesem Morgen nicht. Sie fand das gesuchte Bild und betrachtete es. Im Tageslicht sah Christine, dass die Farben im Laufe der Jahre verblasst waren und das Foto einen Rotstich angenommen hatte. Christine Hoffmann hatte weder ein Gefühl für das neunzehnte Jahrhundert, mit dem sich die Texte auf ihrem Computer befassten, noch für die Moden der letzten Jahrzehnte, aber trotzdem sah sie, dass das Foto vor langer Zeit aufgenommen worden war. Wie schon am Abend konnte sie das Alter der Frau nicht einschätzen. Mit ihrer Dauerwelle und der beige-braun gemusterten Bluse, züchtig bis zum obersten Knopf geschlossen, wirkte sie alt und zugleich alterslos. Ein kleines Detail hatte Christine abends übersehen: In dem Vogelkäfig am Bildrand saß ein blauer Wellensittich. Wie seine Besitzerin blickte er in die Kamera.

Bestand nicht eine gewisse Ähnlichkeit zwischen ihr und Frau Berger, Christines Spukgestalt der vergangenen Wochen?

„Das ist bestimmt deine Großmutter auf dem Foto", vermutete Grit, als Christine sie später anrief. „Ich glaube, du hast mal erwähnt, dass sie einen Wellensittich hatte – wie hieß er noch gleich? – und dass du als Kind oft bei ihr warst. Bring es doch nachher mit."

Sie verabredeten sich für den Nachmittag. Christine hatte Grit einerseits etwas zu erzählen – dass sie nun nicht mehr auf die Rückkehr ihrer Erinnerung wartete –, andererseits ließ sie eine Frage nicht los, eine kindische, aber für sie ungemein wichtige Frage: Wie fühlte sich Verliebtsein an? War es ein sich entwickelnder Prozess oder ein Zustand, der plötzlich da war, der aus dem Nichts kam, aus heiterem Himmel? Hatte Verliebtsein ausschließlich mit der Gegenwart zu tun – und als Wunschvorstellung vielleicht mit der Zukunft – oder auch mit dem Vergangenen?

Christine wusste es nicht. Sie wusste noch nicht einmal, ob sie es früher gewusst hatte.

Als sie Grit von dem Telefongespräch mit Marion berichtete, von den schnell und hastig gesprochenen Sätzen, die im Widerspruch zu Marions Sanftmut und Geduld standen, von ihrer beunruhigend veränderten Stimme, sagte Grit: „Am besten, du siehst Marion heute nicht mehr."

„Ich soll sie nicht sehen? Und wieso nicht?"

Grit ließ sich Zeit mit der Antwort. Das kannte Christine bereits, bei der Frage nach dem Glück hatte sie sich auch tot gestellt.

„Mehr als zwei Wochen Marion am Stück reichen doch erst mal, oder?", sagte sie schließlich. Es sollte betont lustig klingen, solche Feinheiten konnte Christine inzwischen heraushören. Grit lachte. „Du musst auch ohne Marion zurechtkommen, Herzchen."

Genau das war Christines Bestreben. Ohne Marion zurechtkommen. Sie hätte nicht einmal sagen können, ob sie eigentlich kochen konnte, da Marion in den letzten Wochen diese Pflicht übernommen hatte. „Sehr gerne", wie sie immer beteuerte, wenn Christine sie fragte, ob es ihr nicht lästig sei, sie sich nicht lieber ausruhen wolle. Abgesehen von dem einen Mal, als sie essen gegangen waren.

In gewisser Weise hatte Marion sich aber auch da um die Verpflegung gekümmert. Sie hatte das Lokal vorgeschlagen und mangels Erinnerung hatte Christine nichts anderes als ja sagen können. Marion kaufte jeden Tag ein, obwohl sie erst am Nachmittag aus der Schule zurückkam und zu Hause noch Arbeiten korrigieren oder den Unterricht für den nächsten Tag vorbereiten musste. Und Marion entschied über das Abendessen, nicht ohne zu bemerken, sie wisse ohnehin am besten, was Christine schmecke.

Mittwoch, heute war Mittwoch. Mittwochs sei er immer im Institut, hatte Martin gesagt. An anderen Tagen auch, aber nicht so regelmäßig wie am Mittwoch. Der Tag gefalle ihm – gab es Wochentage, die man lieber, und welche, die man weniger gern mochte? – und ihre Kollegin Annegret, die er sehr schätze, sitze am Mittwoch auch immer im Büro. Natürlich schätze er Annegret nicht so sehr wie Christine, das solle sie nicht falsch verstehen.

Christine suchte in ihren vielen, auf dem Wohnzimmerfußboden verstreuten Unterlagen nach der Adresse des Instituts und im Stadtplan nach dem Weg. Sie würde Martin nicht vorher anrufen. Es war ihr plötzlich lieber, wenn er nicht auf ein Zusammentreffen vorbereitet sein würde. Irgendwann müsste sie sowieso zu ihrem Institut fahren, sie konnte es nur noch so lange aufschieben, bis ihre Krankschreibung abgelaufen wäre.

Doch dann überkam sie die Angst. Davor, das Gebäude nicht zu finden, das in ihrem früheren Leben ihr zweites Zuhause gewesen sein musste. Von Kollegen oder dem Professor angestarrt zu werden. Der Grund für ihre Krankschreibung hätte sich inzwischen sicher herumgesprochen. Alles noch einmal von vorne erzählen zu müssen: dass sie sich selbst nicht mehr kannte, nichts und niemanden erkannte. Mitleidige oder ungläubige Blicke ertragen zu müssen. Überhaupt, diese Blicke, die zu ergründen versuchten, ob man es ihr ansah, ob es ihr ins Gesicht geschrieben stand. Ihre Mutter hatte sie im Krankenhaus auf diese Weise angeblickt. Als wollte sie sagen: Alles vergessen, sogar mich? Das gibt's nicht. Das kann gar nicht sein.

Was hatte bei der früheren Christine Hoffmann wohl überwogen, Feigheit oder Neugier? Oder Vernunft? Nicht zum Institut zu fahren, wäre feige. Hinzufahren neugierig oder vernünftig. Oder beides. Christine hätte gern Grit gebeten, sie zu begleiten, doch Grit musste arbeiten und hatte erst am Nachmittag Zeit.

Es war noch früh, nicht einmal zehn Uhr am Morgen. Nichts sprach dagegen, es heute zu tun. Alles sprach dafür. Bis zu ihrer Verabredung mit Grit lag noch mehr als der halbe Tag vor ihr. Und Christine war alt genug, um das Institut zu finden und zu betreten. *Dafür bist du ja wohl alt genug.* Hatte das früher jemand zu ihr gesagt?

17

Christine fand das Institut sofort. Auf dem Weg dorthin fesselte eine alte Frau ihre Aufmerksamkeit – sie fragte sich, ob sie von älteren Damen verfolgt wurde, auf der Straße, auf Fotografien, oder ob ihr Kopf sie glauben machte, sie werde von ihnen verfolgt –, die einen Rehpinscher unsanft an der Leine hinter sich herzog, beinahe ein wenig brutal. Trotz des rot-weiß karierten Mäntelchens, das er trug, zitterte er erbärmlich am ganzen Leib. Ende Oktober noch ein wenig früh für Hundebekleidung, wie Christine fand, wie sollte es ihm erst im frostigen Winter ergehen? Woher wusste Christine, wie es im Winter war? Sogar die Ohren des kleinen Hundes zitterten, nahezu jeder Muskel war damit beschäftigt. Christine musterte ihn neugierig, bis seine Besitzerin es bemerkte, argwöhnisch wurde und sich beeilte, mitsamt dem Hund von ihr fortzukommen. Zitternde Rehpinscher hatte Christine schon einmal gesehen, sie war sich ganz sicher. So vieles glaubte sie schon einmal gesehen zu haben, doch sie wusste nicht, wann und wo. Aber konnten andere Menschen ihre Erinnerungen immer präzise datieren und zuordnen?

Im Institut herrschte zu Christines Erleichterung nicht das geschäftige Treiben, das sie befürchtet hatte. Kein Geruch, der sie an etwas erinnerte, aber das hatte sie auch nicht erwartet. Geruch gleich Erinnerung, das wäre zu einfach gewesen, obwohl Grit ihr gesagt hatte, so etwas gebe es:

der Geruch der alten Schule, bei dem man sich noch Jahrzehnte später wieder wie ein Kind fühle. Der Geruch nach Sonnenmilch und die emporsteigenden Geräusche eines Freibads, ohne dass man sie wirklich höre. Der Geruch eines Körpers. Der Geruch ihrer Freundin Susanne, hatte Grit gesagt, bedeute Zuhause für sie.

Anhand des Schildes neben der Tür identifizierte Christine das richtige Büro schnell: *Sonderforschungsbereich 890. Martin Ansbach, M.A., Christine Hoffmann, M.A., Dr. Annegret Kübler.*

Die Tür stand einen Spalt offen, aber nicht weit genug, dass Christine jenseits davon etwas erkennen konnte. Sie hätte so gerne unbemerkt hineingespäht, um zu wissen, was sie dort drinnen erwartete. Nie, auch nicht vor ihrem Gedächtnisverlust, hätte ihr der Unterschied zwischen davor und dahinter, zwischen außen und innen, deutlicher werden können als in diesem Moment. Ausgeschlossen. Sie war ausgeschlossen. Eine gigantische Distanz, schier unüberwindlich, obwohl nur eine Tür, die noch nicht einmal richtig geschlossen war, das Außen vom Innen trennte.

Christine hörte eine Stimme, dann Lachen. Ihr Herz klopfte schnell. Sie hatte ihren Besuch nicht angekündigt, niemand ahnte, dass sie dort vor der Tür stand, auf ihren eigenen Namen starrte – hier wirkte er noch eigentümlicher und fremder als sonst – und den Raum nicht zu betreten wagte. Sie könnte jetzt einfach wieder gehen. Sie gäbe kein komisches oder mitleiderregendes Bild ab, denn in dem langen Gang befand sich niemand, der ihren Anblick als komisch oder mitleiderregend hätte empfinden können. Alle anderen Türen waren geschlossen. Dort drinnen hätten sie Christine sicher noch nicht bemerkt, so sehr war sie bemüht, ganz leise zu sein. Sie könnte wieder von hier verschwinden, zur U-Bahn gehen, nach Hause fahren und diesen kleinen, misslungenen Ausflug einfach vergessen. Sie hatte doch alles andere vergessen –

warum nicht auch das? Sie könnte nach Charlottenburg zu Marion fahren und unterwegs in aller Ruhe für das Abendessen einkaufen. Natürlich in demselben Bioladen, in dem Marion immer ihre Einkäufe tätigte. Anschließend könnte sie sich im Kochen ausprobieren. In Marions Kochbüchern stöbern, die ordentlich aufgereiht im Regal in der Küche standen, sich mit etwas wirklich Sinnvollem beschäftigen, bis Marion von ihrer anstrengenden und nervenaufreibenden Arbeit nach Hause käme. Sie war ihr etwas schuldig. Marion liebte sie, das Telefongespräch am Morgen, der kurzzeitige und nur allzu verständliche Verlust der Kontrolle waren ein weiterer Beweis.

Dann fiel ihr Eva ein. Morgen würde sie Eva wiedersehen. Unschlüssig, ob der Gedanke an das ersehnte Wiedersehen die Frequenz ihres Herzschlags so rasant beschleunigte oder die Angst vor dem, was sich jenseits dieser Tür befand, klopfte sie und trat sofort ein, ohne eine Antwort abzuwarten.

Innen wandten sich ihr zwei Köpfe zu. Vier Augen. Vier Brillengläser in modernen Gestellen. Christine selbst benötigte keine Brille. Beim Aufwachen im Krankenhaus hatte sie als Erstes wahrgenommen, dass sie klar und deutlich sehen konnte, dass alle Gegenstände scharfe Konturen hatten. Martin und die Frau, bei der es sich um Annegret Kübler handeln musste, wirkten ausgesprochen klug und akademisch hinter ihren Brillen, was Christines Gefühl, nicht hierher zu gehören, verstärkte. Sie registrierte Regale mit Büchern und Aktenordnern, in einer Ecke ein Waschbecken. Computer. Drei Schreibtische. Kaffeebecher mit Namen in verschnörkelter Schrift. Martin trank aus einem Becher mit dem Aufdruck *Christine* und Christine konnte sich nicht entscheiden, ob es sie rührte oder störte. Marion hatte gesagt, im Institut fühle Christine sich oft nicht wohl, es gebe Probleme, Konkurrenzkampf, sogar Intrigen, da ihre Kollegen stets den größten Vorteil für sich selbst herauszuschlagen versuchten. Höchstwahrscheinlich sei sie am Tag ihres Unfalls deswegen spazieren gegangen und vielleicht im Aquarium gewesen. Um sich zu trösten. Um Abstand von allem zu gewinnen. Weil sie es nicht mehr aushielt. Christine sei sehr, sehr sensibel. Christine leide manchmal übermäßig stark an der Welt.

Sie war überrascht, vielleicht sogar ein wenig enttäuscht, denn Martins Freude über ihr Erscheinen hielt sich an diesem Mittwoch in Grenzen. Sie hatte erwartet, dass er übers ganze Gesicht strahlen würde, wie immer, wenn er sie sah. Doch er blieb auf seinem Stuhl sitzen und blickte abwechselnd zu Christine, beinahe erschrocken, und zu Annegret, die ihm gegenübersaß. Einen Moment sagte niemand etwas und Christine rührte sich nicht. Einerseits stand sie bereits im Büro, andererseits hatte sie es noch nicht richtig betreten. Ein schneller Rückzug wäre jederzeit möglich gewesen.

Als Erste brach Annegret das Schweigen. Annegret Kübler, promoviert und somit auf der Wissenschaftsleiter eine Stufe höher angesiedelt als Martin und Christine.

„Christine!", sagte sie, stand auf, ging zu ihr und umarmte sie. „Das ist aber schön, dass du da bist. Martin hat mir von deinem Unfall erzählt und dass wir jetzt alle sehr nett zu dir sein müssen. Als wäre ich nicht immer sehr nett zu dir! Mensch, das tut mir so leid. Aber das wird schon wieder." Sie hielt Christine immer noch im Arm und strich ihr fest über den Rücken, eine Mischung aus Kumpelhaftigkeit und Massage. Christine war davon so überrumpelt, dass ihr gar nicht einfiel, es als unangenehm zu empfinden. „Komm, setz dich doch. Du musst unbedingt erzählen, wie das ist, wenn man sich nicht mehr erinnern kann. Ich bin so neugierig. Ich stelle mir das ehrlich gesagt toll vor. Meinen Mann zum Beispiel, kann ich dir sagen, würde ich manchmal gerne einfach vergessen." Sie lachte und zog Christine, die sich nicht wehrte, zu einem freien Stuhl.

Christine wollte ihr gerade erklären, dass das Fehlen der Erinnerung eher lästig und keineswegs erfreulich sei, unter anderem, weil sie auch nicht mehr wusste, was der Sonderforschungsbereich 890 eigentlich erforschte, doch sie kam nicht dazu, weil ein unerwarteter Redeschwall auf sie niederprasselte. Annegret Kübler hatte ihren eigenen Bürostuhl zu Christine gerollt, die mitten im Raum saß, ungeschützt, als hätte sie keinen Anspruch mehr auf einen Schreibtisch. Annegret saß vor ihr und berührte sie unentwegt, legte ihre Hände auf Christines Oberschenkel, fasste sie bei den Schultern, drückte ihren Arm. Vielleicht tat sie das immer. Vielleicht war sie ein berührungsfreudiger Mensch, ohne Scheu vor anderen, der alles und jeden anfasste, Kinder, Hunde, Christine. Vielleicht wollte sie eine besondere Nähe zu Christine deutlich machen, obwohl ihr von solch einer Verbundenheit mit Annegret Kübler niemand berichtet hatte, weder Marion noch Grit oder Martin. Allerdings wusste ja offenbar auch niemand von der besonderen Nähe zwischen Martin und ihr.

Wenn Annegret ihr die Gelegenheit ließ, drehte Christine den Kopf und sah zu Martin. Er saß unverändert an seinem Schreibtisch, nahm hin und wieder einen Schluck aus der Tasse mit dem Aufdruck *Christine*, schwieg und mied ihren Blick.

Martin ist ein wirklich gut aussehender Mann, dachte Christine. Und in dem Moment, als sie es wieder dachte, las sie in seinem Gesicht, dass er selbst auch dieser Ansicht war. Mehr noch – dass er von nichts auf der Welt so überzeugt war wie davon.

Augenblicklich war er ihr unsympathisch, von einer Sekunde auf die nächste. Das erschien Christine sehr wankelmütig und unstet, als würde ihre Zuneigung zu anderen stehen und wieder fallen, nur aus einer plötzlichen Laune heraus. Außerdem kam ihr die neu erwachte Abneigung denkbar ungelegen. Sie brauchte Martin in den kommenden Wochen, als Nachhilfelehrer, als Tutor. Und vielleicht auch als Freund.

Annegret stand auf, entschuldigte sich, versicherte, gleich wieder da zu sein – „Bloß nicht weglaufen!", sagte sie – und verließ das Büro.

Martin sah sie jetzt an, aber in seinem Gesicht zeigte sich immer noch keine Spur von Wiedersehensfreude.

„Du hast gar nicht gesagt, dass du heute kommst." Es klang vorwurfsvoll.

„Das war ein spontaner Entschluss", sagte Christine. „Ist mir erst heute Morgen eingefallen. Irgendwann muss ich ja sowieso wieder damit anfangen. Mit dem normalen Leben, meine ich."

„Ja, sicher." Martin ging zu ihr und setzte sich auf den Stuhl, auf dem zuvor Annegret gesessen hatte, aber mit deutlichem Abstand zu Christine.

„Christine, hör mal ...", begann er und sprach nicht weiter. Er blickte zur Tür, schien zu lauschen, ob sich draußen etwas rührte, ob sich Schritte näherten. Als es irgendwo raschelte, ohne dass die Richtung, aus der dieses unwichtige Geräusch kam, auszumachen gewesen wäre, zuckte er zusammen. „Wegen Annegret ...", sagte er.

„Was ist mit ihr?"

Martin legte seine Hand auf Christines Knie, nur ganz kurz, dann zog er sie wieder weg.

„Annegret weiß auch nichts von uns", sagte er.

Er sprach so leise, dass Christine Mühe hatte, ihn zu verstehen, und ihren Kopf ganz nach vorne, nah zu seinem, beugen musste. Sie roch sein Rasierwasser und auch, dass er schwitzte.

„Und dabei soll es auch erst einmal bleiben", fuhr er fort, noch genauso leise. „Das findest du doch auch, oder? Es ist besser so. Würde hier im Moment zu viel Unruhe stiften. Und es ist doch auch schön, ein kleines Geheimnis zu haben. Sag Annegret also bitte nichts davon."

„Das war gar nicht meine Absicht", beruhigte Christine ihn in normaler Lautstärke. „Warum sollte ich mit ihr über so etwas reden? Schließlich habe ich Annegret gerade sozusagen zum ersten Mal in meinem Leben gesehen. Ich habe alles vergessen – schon vergessen?"

„Nein, natürlich nicht. Entschuldige. Dann ist es ja gut." Martin entspannte sich, wischte seine Hände an den Oberschenkeln ab und nahm wieder an seinem Schreibtisch Platz.

„Gibt es eigentlich einen besonderen Grund dafür, dass du aus meiner Tasse trinkst?", fragte Christine. Dieses kleine Detail ließ ihr einfach keine Ruhe. „Trinken hier alle aus den Tassen der anderen oder bin ich schon abgemeldet?"

„So ein Unsinn!", sagte Martin. „Natürlich nicht!" Er lauschte wieder in Richtung Tür. „Ich fand es ... romantisch."

Als Annegret zurückkam, öffnete sie die Bürotür so schwungvoll und lautstark, dass auch Christine zusammenzuckte, vielleicht, weil Martin sie mit seiner Geräuschempfindlichkeit angesteckt hatte. Empfindlich. Um Christine herum schien alles empfindlich zu sein, einschließlich ihrer selbst. Empfindliche Haut. Empfindliche Haare. Geräuschempfindlicher Martin. Sie selbst: *sehr sensibel.* Annegret Kübler allerdings machte einen robusten und fröhlichen Eindruck. Sie versorgte Christine mit Kaffee – eine weiße Tasse ohne Aufdruck –, zauberte eine ungeöffnete Kekspackung aus einer Schublade, als läge sie eigens für solche Gelegenheiten bereit, und erkundigte sich nach dem Unfall und den vergangenen Wochen. Weiterhin erfuhr Christine in der nächsten halben Stunde alles über Annegrets Mann, ihre Ehe, Kanufahrten und Bergwandern, Institutsklatsch, mit dem sie nichts anzufangen wusste – nicht die kleinste Andeutung über Martin und sie, also hatte er recht, niemand ahnte etwas – und nichts Neues über sich selbst. Sie hatte sich schnell daran gewöhnt, dass bei Annegret Reden mit Anfassen einherging. Annegret fragte nach Marion und wie sie denn mit Christines Amnesie umgehe. Also wusste sie über ihr Liebesleben Bescheid. Christine rätselte, ob Annegret sie deshalb pausenlos berührte, um zu signalisieren, dass sie keine Probleme mit ihrer sexuellen Orientierung habe.

Nach einer weiteren halben Stunde, in der sich auch Martin am Gespräch beteiligte, verabschiedete Christine sich. Annegret lud sie für das Wochenende zu sich nach Hause ein, sie solle ruhig Marion mitbringen. Es werde schon alles wieder gut. Kopf hoch.

Die Sympathie, die Christine bislang für Martin empfunden hatte, kehrte nicht mehr zurück, nicht an diesem Mittwoch und auch nicht am Donnerstag. Was war mit ihr los? Hatte sie früher Zuneigung auch so schnell gegen Abneigung getauscht, ohne erkennbaren Grund? Zu Hause setzte sie sich vor das Sofa und begann, sich durch die auf dem Fußboden liegenden Unterlagen zu arbeiten. Nachmittags traf sie Grit und erzählte ihr, dass sie Herzklopfen bekam, wenn sie an Eva dachte. Ohne Umschweife sagte Grit: „Du hast dich verliebt." Sie schien es erfreulich zu finden.

In der Nacht träumte Christine von Kekspackungen, die niemals leer wurden, sondern sich auf geheimnisvolle Weise immer wieder neu füllten, von Tassen, auf denen in verschnörkelter Schrift der Name *Marion* stand, von Martin, der immerzu sagte: „Pssst! Sei still! Das darf niemand wissen!", und von zitternden Rehpinschern mit ängstlichen Augen. Wie unpraktisch, davon zu träumen, was sie tagsüber erlebt hatte. Warum konnte sie nicht von früher träumen? Dann wäre es vielleicht nicht ganz so mühsam, das Puzzle namens *Christine Hoffmann* zusammenzusetzen.

18

Mühelos. Es ging mühelos und ganz von selbst. Es war so einfach. Gestern war Christine noch eine bedauernswerte Frau, die ihr Gedächtnis verloren hatte. Heute war sie eine – vielleicht noch immer bedauernswerte – Frau, die ihr Gedächtnis verloren und sich verliebt hatte.

Aha, dachte sie, so fühlt es sich also an! Sie hatte es wissen wollen, mehr noch als alles andere. Mit ein wenig Sorge hatte sie sich gefragt, ob sie möglicherweise die Fähigkeit verloren hatte. Die Fähigkeit, sich zu verlieben. Und überhaupt alle Empfindungen. Grit hatte ihr erklärt, dass auch ohne den Verlust des Gedächtnisses die Erinnerung an diesen extremen Ausnahmezustand schwerfalle: „Du kannst es dir nur vorstellen, wenn du es gerade erlebst."

Mit einem rätselhaften Lächeln hatte Grit sie dann beglückwünscht. Darüber wunderte sich Christine – Grit hatte sich so benommen, als hätte Christine etwas gewonnen oder eine Prüfung bestanden –, denn verliebt zu sein würde aller Voraussicht nach weitere Komplikationen in einem ohnehin aus den Fugen geratenen Leben verursachen. So viel und dass Liebe auch kompliziert war, konnte sich sogar die unwissende Christine Hoffmann ausrechnen.

Christine ging davon aus, dass sich eine Achtunddreißigjährige im Laufe des Lebens mehrfach in solch einem Ausnahmezustand befunden hatte, und Grit hatte diese

Vermutung bestätigt. Sie hatte einige Namen aufgezählt – keineswegs nur welche, die mit „M" begannen, demnach hatte Christine doch keinen Tick – und bedauert, dass Christine sich nicht an sie erinnerte. Die einzelnen Namen hatte sie mit kurzen Berichten darüber garniert, wie mittelgradig, heftig oder *ganz schlimm* Christine damals verliebt gewesen sei. Wie *unsterblich.* Doch irgendwann, hatte Christine gedacht, stirbt es offensichtlich ja doch immer. Marion hatte Grit mit keinem Wort erwähnt.

Christine hatte sich innerhalb von zwei Wochen verliebt. Nein, das stimmte nicht, es war innerhalb von zwei Tagen passiert, aber sie hatte es nicht benennen können. Oder innerhalb von zwei Stunden? Zwei Minuten? So schnell, war das überhaupt möglich? War es bereits geschehen – um sie geschehen –, als Eva ihr in Grits Wohnung das erste Mal begegnet war, als sie Evas Stimme gehört und ihr Gesicht gesehen hatte? Als Eva das erste Mal die Hand auf Christines Arm legte? Als sie zusammen im Regen auf Grits ungeschütztem Balkon gestanden und zum Fernsehturm und seinem unermüdlichen Blinken gesehen hatten? Als Eva dort ganz leicht über Christines nacktes Knie gestrichen hatte? Beim Minigolfspielen? Beim Spaziergang? War Evas zärtlicher Blick schuld? Oder war es erst beim zweiten Treffen passiert – genau genommen dem dritten –, als Eva ihr den Schweiß von der Stirn geküsst hatte?

Am frühen Abend fand Christine sich mit einem Glas Sekt in Evas Badewanne wieder.

Es war ihre zweite Verabredung. Das ersehnte Wiedersehen, das Christine kaum hatte erwarten können. Ein unangenehm kühler Tag, an dem sie schon morgens gefroren und mit mehr Verständnis an zitternde Rehpinscher gedacht hatte.

„Möchtest du vielleicht in meine Badewanne, wenn dir kalt ist?", fragte Eva.

„In deine Badewanne?"

„Spreche ich so undeutlich oder hast du vergessen, was eine Badewanne ist?"

Christine sagte, sie wisse durchaus noch, was eine Badewanne sei. Sie konnte nicht sofort antworten, brauchte einen Moment Bedenkzeit. Eine maßregelnde Instanz in ihr, die trotz der Amnesie offenbar nicht vollständig abgestorben war, mahnte sie, dass man dies auf keinen Fall dürfe: in der Badewanne einer nahezu Fremden liegen.

„Ja", sagte sie dann. „Ich möchte gerne in deine Badewanne."

Eigentlich hatte Christine es gar nicht mehr nötig, denn die Kälte war bereits vor dem ersten Kontakt mit dem Badewasser verflogen. Bei der bloßen Vorstellung, sich in Evas Wohnung auszuziehen, wurde ihr heiß.

In Evas Badezimmer standen nirgendwo kleine Plastiktiere herum, die sich entweder ansahen oder beleidigt voneinander wegdrehten. Eva zündete Kerzen an und entfernte sich danach dezent. Im Vorbeigehen legte sie ihre Hand kurz auf Christines Arm. Christine entkleidete sich erst nach dem Schließen der Tür. Im Schloss steckte ein Schlüssel, aber sie drehte ihn nicht herum. Im Krankenhaus hatten sie wahrscheinlich viele Menschen nackt gesehen, oder halb nackt, seitdem aber niemand mehr. Auch Marion nicht. Als Christine das einzige Mal seit ihrem Unfall nackt neben Marion im Bett gelegen hatte, war es dunkel gewesen. Und nach diesem einzigen Mal hatten sie wieder Schlafanzüge getragen. In Evas Badezimmer legte Christine ihre Kleidung zu einem ordentlichen Häufchen zusammen. Hatte sie das von ihrer Mutter gelernt? Sie hatte auch den Hang an sich festgestellt, morgens nach dem Aufstehen sofort das Bett zu machen.

Das Badewasser war heiß. Nach ein paar Minuten traten Schweißperlen auf Christines Stirn und nach einigen weiteren Minuten sehnte sie Evas Anwesenheit herbei, hier, jetzt, im Badezimmer, direkt bei ihr. Sie winkelte die Beine an, eins nach dem anderen, strich über ihre Knie, so wie

Eva es auf dem Balkon getan hatte, stellte sich vor, es wäre Evas Hand, nicht ihre eigene. In diesem Moment mochte Christine ihren Körper, zum ersten Mal seit dem Wachwerden im Krankenhaus. In diesem Moment begriff sie, was hinter dem Wort *Begehren* steckte.

Es klopfte an der Tür.

„Darf ich dich kurz stören?"

„Du störst mich nicht."

Mit zwei gefüllten Sektgläsern trat Eva ins Badezimmer. Sie gab sich erst gar keine Mühe, wegzusehen oder so zu tun, als wäre dies eine ganz gewöhnliche Situation, als säßen sie sich an einem Cafétisch gegenüber, beide vollständig bekleidet. Ohne Scheu blickte sie Christine an, blieb kurz an ihren Brüsten hängen, die vom Schaum nicht ganz verdeckt waren, lächelte. Ein zärtlicher, liebkosender Blick, der über Christines Haut strich, noch vor einer wirklichen Berührung.

Eva reichte Christine eines der Gläser und kniete sich vor die Badewanne. Der Sekt war eiskalt, das Glas beschlagen.

„Du erinnerst dich bald wieder", sagte sie und stieß mit ihrem Glas gegen Christines. „Darauf stoßen wir jetzt an."

„Und woher willst du das wissen?"

„Ich glaube, du erinnerst dich schon die ganze Zeit. Du weißt es nur noch nicht."

„All diese Bilder", sagte Christine, „sie verfolgen mich. Aber sie ergeben keinen Sinn. Jedenfalls keinen, den ich verstehe."

Sie schloss die Augen. All diese Bilder stiegen erneut auf, aus dem Badewasser, in der dämpfigen feuchten Luft des Badezimmers, aus den Tiefen ihres Bewusstseins. Am Sektglas lief Kondenswasser herab, tropfte auf ihre Finger. Schweiß rann von ihrer Stirn. Ein leuchtend orangefarbener Pilz, der an einer schimmelbesetzten Kellerwand wuchs. Im Keller roch es modrig, jemand sagte „lass uns nicht streiten" und stritt sich trotzdem immer weiter. War sie das? Laute

Stimmen im Keller, schrill und zugleich dumpf, sie stießen gegen die niedrige Decke, prallten von den Wänden ab, wurden nicht still. Dann folgten Tränen. Christines Tränen? Durchsichtige Fische, deren Organe sie sehen konnte – wie ihren durchleuchteten Kopf im Krankenhaus. Die Schönheit eines unbekannten Gesichts – Evas Gesicht –, das sie an etwas erinnerte. Woran? An eine tiefe Sehnsucht, von der sie nicht wusste, ob sie neu entstanden war oder schon immer in ihr geschlummert hatte. War diese Sehnsucht niemals zuvor befriedigt worden? Regen, so viel Regen. Moos auf glitschigen Stufen. Gefährlich. Aufpassen, nicht ausrutschen!

Als Christine die Augen wieder öffnete, hatte Eva die Unterarme auf den Wannenrand gelegt und das Kinn darauf gestützt. Sie hielt den Kopf leicht schräg und sah Christine unverwandt an. Sie musste sie die ganze Zeit betrachtet haben. Geschlossene Augen und dazu noch nackt – das bedeutete, wehrlos zu sein, ausgeliefert. Es gefiel Christine. Es prickelte, mehr noch als der Sekt.

„Du hast die Bilder nicht geträumt", sagte Eva. Behutsam nahm sie Christine das Glas aus der Hand und stellte es auf den Fußboden. „Du hast sie wirklich gesehen, ich bin mir ganz sicher."

Sie beugte sich zu ihr, küsste Christines Stirn, leckte langsam die Schweißtropfen ab.

„Ich muss dich anfassen", flüsterte sie in Christines Ohr. „Ich muss dich einfach anfassen."

„Ich wollte dich schon anfassen, als ich dich das erste Mal sah", sagte Christine.

Sie zog Eva näher zu sich heran, erstaunt über ihre eigene Kühnheit, legte die Arme um ihren Nacken, suchte ihre Lippen, drang mit der Zunge in ihren Mund, nicht vorsichtig, sondern ausgehungert, begierig.

Mühelos. Es ging mühelos und ganz leicht. Lagen in Christines Berührungen die Gewandtheit und Kenntnis zweier sexuell aktiver Jahrzehnte? Oder berührte sie Eva vollkommen neu, als wäre es das erste Mal in ihrem Leben?

149

Grit fiel ihr ein, die sie belustigt, zugleich aber auch besorgt gefragt hatte: *Weißt du denn noch, wie es geht?*

Christines Hände taten alles wie von selbst. Woher wussten sie es? Hatten ihre Hände, vom Kopf losgelöst, ein eigenes Gedächtnis, von dem Christine nichts gewusst hatte?

19

„Deine Hände jedenfalls", sagte Eva, als sie viel später nebeneinander vor ihrem Wohnzimmerfenster standen, „haben ganz sicher ein Gedächtnis. Sie müssen nichts neu lernen. Sie können alles. Und du auch."

Eva wohnte im Dachgeschoss, von dort hatten sie einen guten Blick auf die nächtliche Stadt und den blinkenden Fernsehturm. Wie auf Grits Balkon.

Eva nahm Christines Hand und küsste sie. „Bleibst du heute Nacht hier?"

„Möchtest du das denn?"

„Ich möchte nichts lieber als das. Und was möchtest du?"

„Zurück ins Bett."

Aus dem geplanten raffinierten Abendessen – „Damit wollte ich dich eigentlich verführen", hatte Eva erklärt – waren belegte Brote geworden. Davor und danach hatten sie sich geliebt, im Bett, auf dem Teppich im Wohnzimmer. Es war alles ganz einfach gewesen; Christine hatte keinen Moment darüber nachgedacht, was sie als Nächstes tun sollte. Sie trug Evas Bademantel und fühlte sich angenehm müde. Sie stellte sich hinter Eva, umfasste sie, küsste ihren Nacken. Der Verkehrslärm von unten schien weit weg, ein leise rauschendes Hintergrundgeräusch, das nicht störte, sondern sich in die Harmonie des Augenblicks fügte. Christine dachte an gar nichts. Nicht an den

Sonderforschungsbereich, nicht an Marion und vor allem nicht an früher.

„Du wolltest mich verführen?" Sie fuhr mit der Zungenspitze über Evas Nacken.

„Ja", sagte Eva, „das wollte ich unbedingt. Aber ich wusste nicht so richtig, wie ich es anstellen soll. Ich wusste nicht, ob ich besonders vorsichtig sein muss. Oder besonders forsch."

„Sonst weißt du das immer?"

„Nein. Aber erstens verführe ich nicht jeden Tag fremde Frauen. Und zweitens hatte ich noch nie mit einer zu tun, die das Gedächtnis verloren hat. Ich wusste nicht, ob ich etwas Besonderes beachten muss."

„Und? Hast du etwas Besonderes beachtet?"

„Nein."

„Das ist gut. Bloß keine Schonung. Ich werde schon genug geschont, von allen."

Eva war ihr vor Jahren so flüchtig begegnet, dass nichts davon haften geblieben war. Kein Wesenszug. Kein: Das ist typisch Christine. Kein: So bist du, du hast dieses und jenes immer auf diese oder jene Weise getan, nie anders. Kein: Oft bist du schwermütig, arme Christine. In den vergangenen Wochen war sie begierig gewesen, aus den Mündern anderer mehr über sich zu erfahren, doch jetzt genoss sie Evas Unwissenheit. Sie musste nicht darauf lauern, dass Eva von früher erzählte, denn sie konnte es gar nicht. Sie hätte ihr noch nicht einmal sagen können, was Christine gerne aß. Es war wohltuend. Es war Urlaub von der Amnesie.

Erst viel später, am nächsten Morgen auf dem Weg nach Hause, dachte Christine an Marion. Schlechtes Gewissen schien doch nicht so fest in der Seele verpflanzt zu sein, wie sie angenommen hatte. Sie empfand keins.

In der Stadt fand sie sich inzwischen gut zurecht. Während sie von dem einen Teil Kreuzbergs, in dem Eva wohnte, in den anderen Teil fuhr, in dem ihre Wohnung lag, beschloss sie, es Marion noch heute zu sagen: Ich habe mich verliebt. Ich bin neu. Alles ist neu, nun auch das. Bei der nächsten U-Bahn-Station verwarf sie diesen Gedanken jedoch wieder. Nicht, weil sie eine Auseinandersetzung mit Marion scheute, sondern weil sie Eva für sich allein behalten wollte, wenigstens noch eine kleine Weile.

Bedeutete der Verlust des Gedächtnisses auch den der Fantasie? Christine konnte sich partout keine Auseinandersetzung mit Marion vorstellen, obwohl sie früher vermutlich welche geführt hatten. War das nicht bei allen Paaren der Fall? Doch seit dem Unfall war Marion sanftmütig und fürsorglich um Christines Wohl bemüht. Sie ging so sehr in dieser Rolle auf, es erschien Christine unmöglich, dass es je anders gewesen sein könnte. Manchmal wirkte Marion traurig, nur für kurze Momente, aber wer konnte ihr das in dieser Situation verdenken? Ihre Partnerin benahm sich wie eine Fremde, behandelte sie wie eine Fremde und hatte acht gemeinsame Jahre vergessen. Mit einem Wort: eine Katastrophe. Wenn nicht sogar die größtmögliche Katastrophe in der Liebe. Wahrscheinlich wartete Marion jeden Tag darauf, dass sich Christine endlich an sie und das gemeinsame Leben erinnerte. Wahrscheinlich wurde sie von Tag zu Tag verzweifelter, ließ es sich aber nicht anmerken, sondern betonte stattdessen unermüdlich, Christine solle sich mit allem Zeit lassen.

Am Hermannplatz stieg sie aus. Das Menschengewühl, das sie kurz nach ihrem Krankenhausaufenthalt noch erschreckt hatte, machte ihr an diesem Morgen nicht das Geringste aus, sie fürchtete sich noch nicht einmal vor den Personen, die lautstark mit sich selbst – oder mit der ganzen Welt oder Gott oder dem Kosmos – sprachen. Christine fühlte sich großstadtgeeignet.

Bei Karstadt kaufte sie einige Lebensmittel und schlenderte danach durch die Kleintierabteilung. Sie betrachtete eine Weile die Wellensittiche, grüne, weiße und blaue

Wellensittiche, bevor sie das Kaufhaus verließ und zu Fuß nach Hause ging. Sie überquerte den Landwehrkanal. Den Kanal, der sie so gespenstisch anzog. Diesmal wartete sie nicht auf das Auftauchen der Bilder im Kopf – mehr noch, sie wollte sie überhaupt nicht sehen. Ganz andere Bilder nahmen sie an diesem Morgen in Beschlag. Neue Bilder, hochaktuelle, die ihr keine Rätsel aufgaben, denn sie waren so real, so unzweifelhaft wirklich wie Evas Haut unter ihren Händen in der zurückliegenden Nacht.

Als sie ihre Wohnungstür aufschloss, klingelte das Telefon. In der Küche sah Christine auf die Uhr. Marion. Große Pause. Die Unterrichtszeiten in Marions Schule hatte sie sich eingeprägt.

„Sehen wir uns nachher?", fragte Marion gehetzt und sehr leise, als würde sie heimlich telefonieren.

Christine konnte sich ausmalen, wie sie im Lehrerzimmer stand, ohne es zu kennen; Marion hatte oft genug davon erzählt. Wie das ganze Kollegium ihr schamlos neugierig zuhörte, weil Marions Kollegen und Kolleginnen ihren Berichten zufolge immer neugierig waren. Vielleicht musste sie gleich die Pausenaufsicht übernehmen und war schon zu spät. Keine günstige Gelegenheit zum Telefonieren.

„Ich habe doch eine Überraschung für dich!", sagte Marion. „Die hatte ich dir schon längst zeigen wollen."

Überraschung? Ja, Marion hatte von einer Überraschung gesprochen – wie lange war das her? –, sie danach aber nicht mehr erwähnt.

„Es ist eine sehr schöne Überraschung", sagte Marion. „Sie wird dich an früher erinnern, ich bin mir ganz sicher. Ich bin gegen drei zu Hause. Kommst du? Ich muss jetzt aufhören."

Christine fuhr um halb drei nach Charlottenburg. Sie ließ sich dabei Zeit, schlenderte gemächlich zur U-Bahn, trödelte. Sie wollte auf keinen Fall vor Marion eintreffen, verspürte Widerwillen bei dem Gedanken, den Schlüssel zu ihrer Wohnung zu benutzen.

Marion erwartete sie. Ihr Gesicht war leicht gerötet, wie von großer Eile, und ihre Füße steckten noch in Schuhen, die sie zu Hause gewöhnlich als Erstes auszog. An ihrem Mundwinkel hing ein Krümel, vielleicht ein Brötchenkrümel. Eine ungewohnte kleine Nachlässigkeit in der sonst so perfekten Erscheinung. Christine wischte ihn nicht weg und machte Marion auch nicht auf ihn aufmerksam.

Zur Begrüßung küsste Marion Christines Wange. Dann nahm sie ihr die Jacke ab und hängte sie sorgsam an die Garderobe. Während sie im Flur umherging, ein wenig nervös, wie es schien, klackten ihre Schuhe laut auf den Dielen. Christine nahm das Geräusch der Schuhe auf dem Holzboden überdeutlich wahr, als gingen sie direkt in ihrem Kopf spazieren, auf und ab.

Marion führte Christine ungeduldig zum sandfarbenen Sofa im Wohnzimmer. Sie ging zum Esstisch, holte einen bunten Prospekt und setzte sich dicht neben Christine. Ihre Beine berührten sich.

„Hier", sagte sie. „Meine Überraschung."

Christine blickte auf den Prospekt. Ein Hotel an der Ostsee, das Meerblick, Ruhe, paradiesische Erholung, vitales Frühstück und außerdem Bademantel- und Badetuch-Service versprach.

„Übernächstes Wochenende", sagte Marion. „Mit dem Auto sind wir in drei Stunden da. Wir fahren direkt los, wenn ich aus der Schule komme. Freitagabend gehen wir essen, natürlich Fisch, dann schlafen. Samstag an den Strand. Du liebst den Strand, mein Engel, auch im Herbst, weißt du das noch? Ja, das weißt du bestimmt noch. Und wenn nicht, wird es dir schnell wieder einfallen."

Neben dem Strand, der Ostsee und dem Hotelrestaurant waren die Zimmer abgebildet. Komfort-Doppelzimmer. Kleiner Schreibtisch, zwei Sessel, Fernseher. Doppelbett. Aquarell mit Dünenlandschaft über dem Doppelbett.

„Hast du schon gebucht?", fragte Christine. Sie betrachtete die Bilder. Die Komfort-Doppelzimmer, wenngleich großzügig bemessen, vermittelten ihr das Gefühl unerträglicher Enge, sogar beim Anblick der Fotos spürte Christine diese Enge, so deutlich, dass ihr beinahe *Ich muss hier raus!* über die Lippen gekommen wäre.

„Ja. Von Freitag bis Sonntag. Zwei Übernachtungen. Wahrscheinlich hätte ich dich vorher fragen müssen, aber dann wäre es ja keine Überraschung mehr gewesen. Ich denke dauernd darüber nach, was dir jetzt guttäte, mein Engel. Und dann ist mir das Meer eingefallen. Du liebst das Meer und den Strand."

„Waren wir früher oft zusammen am Meer?" Christine fragte sich, ob diese Vorliebe, die Marion so hervorhob, sie besonders auszeichnete, oder anders gesagt: ob es wohl auch Menschen gab, die den Strand und das Meer ausdrücklich nicht liebten oder gar verabscheuten. Sie bezweifelte es. Sie hielt sich für durchschnittlich und gewöhnlich. Das war ihr bereits bei ihrem Namen, ihrem Gesicht und bei Vanilleeis aufgefallen. Christine zog Vanilleeis den anderen Sorten vor und dem Sortiment in der Tiefkühltruhe im Supermarkt hatte sie entnommen, dass es den meisten Menschen ebenso gehen musste.

„Ja", sagte Marion, „mindestens einmal im Jahr. Nein, sogar öfter. Wir haben unseren ersten gemeinsamen Urlaub an der Ostsee verbracht, auch wenn es eigentlich kein richtiger Urlaub war. Ein paar Tage auf Usedom in einer schrecklichen Pension. Es hat die ganze Zeit geregnet und das Bett hat gequietscht. Aber wir fanden alles schön. Weißt du noch? Nein, natürlich hast du das auch vergessen. Weil wir unseren ersten Urlaub an der Ostsee verbracht haben, dachte ich, es wäre eine gute Idee, jetzt wieder dorthin zu fahren. Eine romantische. Am Meer bist du immer ganz unbeschwert. Ich habe dir doch unsere Urlaubsfotos gezeigt. Du siehst so glücklich auf ihnen aus."

Unbeschwert. Dieses Wort gemahnte Christine an eine wichtige Frage, die sie Marion stellen wollte.

„War das nicht furchtbar für dich, all die Jahre?"

„Wovon sprichst du?"

„Von meinen Stimmungen. Das muss doch eine große Belastung gewesen sein."

„Nein, nicht wirklich", sagte Marion. „Ich liebe dich. Und weißt du was? Deine Stimmungen vergessen wir jetzt einfach. Manchmal ist es auch gut, vergessen zu können. Dieser kleine Urlaub wird schön. Du kommst wieder zu dir, du wirst sehen. Und wir kommen zueinander."

Hatte Christine Hoffmann das nötig: zu sich zu kommen? Es war unschwer zu erkennen, dass Marion nicht darüber reden wollte; sooft sie Christines *Stimmungen* in den letzten Wochen angedeutet hatte, so gezielt wich sie ihnen nun aus.

„Hatten wir eigentlich von Anfang an den Wohnungsschlüssel der anderen?", fragte Christine. „Schon seit acht Jahren?" Marions Schlüssel steckte in ihrer Hosentasche und stach ihr ins Bein. Christine wollte ihn loswerden.

„Was für seltsame Fragen du heute stellst", sagte Marion. „Natürlich hattest du immer meinen Schlüssel, das ist doch selbstverständlich. Und ich deinen. Nicht von Anfang an, aber sehr bald, nach ein paar Wochen. Wir sind ein Liebespaar, Christine. Liebespaare leben zusammen und wenn nicht, haben sie zumindest den Schlüssel für die andere Wohnung. Was für eine merkwürdige Frage. Geht es dir heute nicht gut?"

Zu Marions Bestürzung verabschiedete sich Christine bald darauf. Marion war davon ausgegangen, wie sie sagte, dass sie den Abend und die Nacht miteinander verbrächten. Noch immer hatte sie ihre Schuhe nicht ausgezogen und so klackten sie erneut über den Holzboden, als sie Christine eilig in den Flur folgte. Der Prospekt des Ostsee-Hotels war achtlos auf dem Sofa liegen gelassen worden.

Christine zog den Schlüssel zu Marions Wohnung aus ihrer Hosentasche, legte ihn auf den kleinen Tisch im Flur und verlangte ihren eigenen zurück. Einen kurzen Moment lag in Marions Gesicht nichts mehr von all dem der vergangenen Wochen – keine Fürsorge, kein liebendes Verständnis. Sie sah so aus, als wollte sie sagen: Was ist nur in dich gefahren? Bist du vollkommen übergeschnappt? Doch dann fasste sie sich und versuchte, Christine mit vernünftigen Argumenten davon zu überzeugen, wie wichtig es sei, dass sie Christines Schlüssel besaß.

„Wenn mal etwas passiert", sagte sie. „Das ist doch beruhigend, wenn ich jederzeit in deine Wohnung kann." Und: „Stell dir vor, du verlierst deinen Schlüssel!"

Doch Christine ließ sich nicht überreden. Sie fand die Vorstellung, dass Marion jederzeit, wann immer es ihr beliebte, ihre Wohnung betreten könnte, ganz und gar nicht beruhigend.

„Ich kann das ja verstehen", sagte Marion schließlich. „Du bist immer noch völlig durcheinander."

Christine sei heillos verwirrt, wisse nicht, was sie tue, wie an dem unüberlegten, geradezu hysterischen Rücktausch der Wohnungsschlüssel zu sehen sei; vermutlich handele es sich aber um eine ganz normale Reaktion – in ihrer Situation –, eine Art Rückfall. Der Zorn über ihre Verwirrung, der insgeheim in ihr schlummere, richte sich bedauerlicherweise ausgerechnet gegen sie, Marion, die Person, die sie am meisten liebe, aber wahrscheinlich sei auch das ganz normal.

Christine Hoffmann war nicht durcheinander. Vielleicht war sie es am Anfang gewesen, im Krankenhaus und in den ersten Wochen danach – vielleicht aber war ihr auch nur von allen Seiten eingeredet worden, sie müsse es in solch einer Situation sein.

An diesem Nachmittag war sie ganz klar. Fast hätte sie behauptet: so klar wie niemals zuvor.

20

Vollkommene Klarheit bestand auch über einen drängenden, unbezwinglichen Wunsch.

Der Nacht im Kreuzberger Dachgeschoss, als Christines Hände ein erstaunliches Eigenleben entwickelt hatten, so mühelos und leicht, als hätten sie nie etwas anderes getan, folgte der Wunsch nach Wiederholung. *Noch einmal. Mehr. Immer wieder.*

Nach dem Krankenhaus, als sie sich ganz allmählich in ihrem neuen Leben einrichten wollte, hatte sie sich besorgt gefragt, ob sie überhaupt noch Lust empfinden könne. Sie fühlte sich weder von Marion noch von Martin angezogen. Ihre Körper reizten sie nicht, es verlangte sie nicht danach, sie nackt zu sehen, sie zu berühren. Die Frage, ob sie lieber mit Frauen oder mit Männern schlafen wollte, stellte sich erst gar nicht – sie wollte es mit niemandem. Bis sie Eva traf.

Eva und sie wiederholten es. Einmal, zweimal – viele Male. In Evas Dachgeschoss und in Christines Wohnung, zu der nur noch Christine selbst und ihre beste Freundin Grit einen Schlüssel besaßen, Marion nicht mehr.

Marion hatte den Verlust des Schlüssels, der sich, wie sie sagte, seit acht Jahren ununterbrochen in ihrem Besitz befunden hatte, nicht klaglos hingenommen. Mehrmals am Tag rief sie Christine an und forderte ihn zurück – *ihren* Schlüssel, wie sie ihn nannte. Sie vertrat die Ansicht, dass der Schlüssel ihr rechtmäßig zustehe und sie versuchte,

Christine auf alle erdenklichen Arten zur Rückgabe zu bewegen. Wenn minutenlange, sanfte Überredungsversuche nicht halfen, war es, als legte sich plötzlich ein Schalter in Marion um. Sie sagte dann, dass Christine tatsächlich nicht wisse, was sie tue, dass sie nicht ganz bei sich sei, hochgradig verwirrt, offenbar doch weitaus ernsthafter erkrankt sei als bisher angenommen, dass sie dringend Hilfe benötige. Ihre Hilfe.

Doch alle Taktiken nützten nichts. Christine gab ihr den Schlüssel nicht zurück. Stattdessen teilte sie Marion mit, dass sie nicht mit ihr an die Ostsee fahren werde, obwohl das Zimmer bereits gebucht war, und verweigerte vorerst jedes Gespräch mit ihr.

„Dass du so kaltherzig sein kannst", sagte Marion – fassungslos, wie es schien.

Eva erwähnte Christine ihr gegenüber nicht. Von Eva wusste nur Grit.

In Evas Dachgeschoss stellte sich Christine gern vor das schräge Wohnzimmerfenster, am liebsten nachts, trug dabei Evas Bademantel, der nach ihr roch, sah über die Stadt und dachte an die nächste Wiederholung. *Noch einmal. Mehr. Immer wieder.*

Eva trat dann neben sie, ergriff ihre Hand.

„Geht es dir gut?", fragte sie.

„Mir ging es nie besser."

„Aber eigentlich kannst du das nicht beurteilen, oder?", sagte Eva und schob ihre Hand unter den Bademantel, auf Christines Haut. „Du weißt doch gar nicht, wie es dir früher ging."

„Ja, das stimmt, sicher. Natürlich weiß ich das nicht."

„Vielleicht ging es dir früher ja noch viel besser und du hast es bloß vergessen, wie alles andere auch?"

„Das kann ich mir nicht vorstellen. Besser als jetzt im Moment ging es mir wahrscheinlich noch nie im Leben."

„Findest du nicht, du bist Marion eine Erklärung schuldig?", fragte Eva. „Ist es nicht sehr grausam – ich trete in dein Leben, wir schlafen miteinander und daraufhin nimmst du Marion den Wohnungsschlüssel weg, den sie immerhin acht Jahre lang hatte, und willst noch nicht einmal mit ihr sprechen?"

„Fang du jetzt nicht auch noch mit dem verdammten Schlüssel an!", sagte Christine gereizt. Sie schüttelte Evas Hand ab, trat einen Schritt zur Seite und schloss den Bademantel bis ganz oben, zog den Gürtel fest zu. „Ich will jetzt nicht über Marion reden."

„Zuerst beklagst du dich, dass deine beste Freundin nicht bereit ist, über Marion zu reden, und jetzt willst du es selbst nicht", sagte Eva. „Ehrlich gesagt verstehe ich das nicht."

„Das musst du auch gar nicht verstehen. Lass uns das Thema wechseln, in Ordnung?"

„Hast du ein schlechtes Gewissen?", fragte Eva. „Acht Jahre sind schließlich kein Pappenstiel."

„Kein Pappenstiel?"

„Eine Redewendung. Du hast sie wohl vergessen. Sie bedeutet in diesem Fall: Acht Jahre sind keine Kleinigkeit. Acht Jahre sind eine sehr lange Zeit. Acht gemeinsame Jahre verbinden."

„Ja, viel zu lange", murmelte Christine leise und verschränkte die Arme vor der Brust.

„Was hast du gesagt?"

„Ach, nichts. Ich habe nur so vor mich hingeredet, war nicht wichtig. Ich habe übrigens kein schlechtes Gewissen. Wie kommst du darauf?"

„Es erweckt den Anschein. Weil du nicht mehr über Marion reden willst. Weil du anders bist, sobald ich nur ihren Namen erwähne."

Christine wollte nicht an Marion denken. Sie wusste, dass eine Aussprache bevorstand, aber sie wollte den Zeitpunkt dafür selbst bestimmen. Und den Ort. Eine solche

Aussprache – und sie rechnete inzwischen mit Tränen und Wut – sollte nicht am Ostseestrand in einem Komfort-Doppelzimmer mit Aquarell über dem Bett stattfinden. Vor oder nach der Sauna. Oder beim Abendessen. Tisch an Tisch mit anderen Hotelgästen, auf dem Teller ein Fisch, dessen Auge zwar unleugbar leblos aussah, aber gleichzeitig auch so, als beobachtete es alles, kritisch und ein wenig vorwurfsvoll.

Ihre Krankschreibung war abgelaufen und Christine hatte sie nicht verlängern lassen. Die Wunde am Hinterkopf war vollständig verheilt, es gab keine sichtbaren Spuren mehr, und seit zwei Wochen war sie nicht mehr beim Arzt gewesen. Der Professor, dem der Sonderforschungsbereich 890 unterstand, war damit einverstanden – hatte es ihr sogar von selbst angeboten –, dass sie noch eine Weile vorwiegend zu Hause arbeitete und das Institut nur einmal in der Woche aufsuchte, um den Anschluss nicht zu verlieren. Um den Kontakt zu Annegret Kübler und Martin Ansbach zu halten. Er zeigte sich insgesamt verständnisvoll, zugleich väterlich, aber auch nicht übermäßig an Christines Befinden interessiert, als lebte er vor allem in seiner eigenen Welt, und legte ihr nahe, sich Zeit zu lassen.

Seit Wochen waren das auch Marions Worte: sich Zeit lassen. Ruhe. Zu sich kommen.

„Ich möchte im Moment einfach nicht an Marion denken", sagte Christine, in der Hoffnung, dass Eva nun endlich aufhörte, Fragen über sie zu stellen.

Eva verkleinerte den Abstand, den Christine zwischen ihnen hatte entstehen lassen, und schob ihre Hand vorsichtig in die Tasche des Bademantels. Christines Hand folgte ihr dorthin.

„Ist gut. Dann sag mir Bescheid, wenn du über Marion reden willst", sagte Eva.

21

„Warum redest du nicht mit mir über Marion?", fragte Christine. „Von meiner besten Freundin würde ich erwarten, dass sie mehr über mich erzählt, wenn ich mich nicht mehr erinnern kann, dass sie mir die Wahrheit sagt. Auch über meine Liebesbeziehung."

Sie saßen in Grits Küche beim Essen. Ungefähr zwölf Stunden zuvor hatte Christine noch Eva in den Armen gehalten, an die sie pausenlos dachte. Wenn dies kein Verliebtsein war – was dann? Immerzu geisterte sie durch ihren Kopf und nichts anderes schien mehr von Bedeutung. Sie dachte an Evas zärtlichen Blick auf Grits Balkon, mit dem alles begonnen hatte. An einen blauen Fleck auf ihrem Knie, der sie rührte. An ihren aufgeregt schlagenden Puls, den sie unter den Fingern spürte. Daran, ihr den Schweiß von der Haut zu lecken. An ihre Muskeln, die sich anspannten, wenn Christine sie liebte. An ihre geöffneten Beine. An Evas Rücken, im hereinfallenden Mondlicht, ihr Seufzen, wenn Christine langsam über die einzelnen Wirbel strich.

„Marion und ich mögen uns nicht allzu sehr", sagte Grit. „Das ist kein Geheimnis. Ich wollte dich nicht beeinflussen, doch das hätte ich unweigerlich getan. Sie hat sich so sehr um dich gekümmert, als du aus dem Krankenhaus kamst ... na ja, und ich war der Ansicht, dass du deine eigenen Erfahrungen machen musst. Dass du alleine darauf kommen musst."

„Worauf kommen?"

„Christine, das musst du selbst herausfinden. Ich kann es dir nicht einfach erzählen. Es wäre eine von mir gefärbte Schilderung."

„Hast du sie deswegen nicht zum Essen eingeladen, als Susanne und Eva da waren?", fragte Christine. „Weil du sie nicht magst?"

„Sie mag mich genauso wenig", antwortete Grit, „oder sogar noch weniger. Ich lade Marion nie ein. Es beruht auf Gegenseitigkeit. Umgekehrt passiert es auch nicht."

„Von Anfang an? Schon seit acht Jahren?"

„Nein, ganz am Anfang haben wir uns noch redlich bemüht. Doch inzwischen sind wir ja alle in einem Alter, in dem man Dinge, die man nicht wirklich tun will, auch sein lassen kann."

„Übrigens habe ich es schon herausgefunden", sagte Christine.

Sie stand auf, ging durch Grits Wohnung, öffnete die Balkontür und trat ins Freie.

Grit folgte ihr, stellte sich neben sie, legte die Arme auf die Brüstung und sagte: „Was hast du gerade gesagt? Was hast du herausgefunden?"

„Alles", antwortete Christine. Die Spitze des Fernsehturms lag in novemberlichem Nebel, war vollständig verschluckt, zum Teil auch die Kugel in der Mitte. Sein Blinken war nicht zu sehen.

„Alles?"

„Ja, alles. Ich weiß wieder alles." Christine konnte ein stolzes, triumphierendes Lächeln nicht unterdrücken. „Nun, vielleicht nicht gerade den Sinn des Lebens, aber meine Kindheit, meine Jugend. Wer meine Eltern sind. Meine früheren Geliebten und Liebhaberinnen, meine Arbeit, meine Freundschaft mit dir und wie lange wir uns schon kennen. Marion. Auf manches, kann ich dir sagen, hätte ich auch verzichten können. Leider ist das wohl nicht möglich – eine Art selektives Gedächtnis. All das, was nicht gefällt, wird einfach wieder gelöscht. Das wäre schön. Aber

164

so ist es nicht. Es ist: gar nichts oder alles. Ich habe jetzt alles wieder."

Grit starrte sie an. „Willst du damit etwa sagen ... heißt das, du kannst dich wieder erinnern? An alles?"

„Ja, ich kann mich wieder erinnern."

„Seit wann? Wann ist es dir wieder eingefallen?"

„An einem Vormittag, als ich auf dem Weg von Eva zu mir nach Hause war."

„Einfach so?"

„Einfach so. Ich glaube, als es passierte, dachte ich gerade an einen Wellensittich."

„An einen Wellensittich. Aha."

Christine hatte an jenem Vormittag noch an etwas anderes gedacht, nicht nur an einen Wellensittich, sie hatte sich den Blick aus dem Dachgeschoss über die Stadt vorgestellt, Evas Berührungen, Evas Geräusche der Lust – aber das behielt sie für sich.

Es hatte kein Ereignis stattgefunden, es gab keinen neuerlichen Sturz auf den Hinterkopf, keinen Schock, keine Hypnose. Es war ganz und gar unspektakulär gewesen. Vielleicht hätte an diesem Vormittag – oder an einem früheren oder späteren Tag – ebenso gut etwas anderes der Auslöser sein können, ein Kleidungsstück, ein Lied, ein Geruch, ein bestimmtes Wort.

Auf den ersten Blick schienen, abgesehen von der Farbe, alle Wellensittiche in der Kleintierabteilung identisch, doch sah man genauer hin, bemerkte man die Unterschiede. Christine hatte vor dem Käfig gestanden und sich gefragt, warum sie beim Anblick eines blauen Wellensittichs, der nicht auffälliger war als die anderen, plötzlich an Russen und an Ostpreußen denken musste, und warum ihr außerdem ein eigentümlicher Geruch in die Nase stieg. Er lag nicht in der Luft des Kaufhauses, strömte nicht aus den Käfigen. Er war in ihrem Kopf.

Sie hatte einen Verkäufer gefragt, ob Wellensittiche des Sprechens mächtig seien.

„Wellensittiche", hatte der Verkäufer geantwortet, „o ja, durchaus. Wenn sie begabt sind und wenn man sich sehr viel mit ihnen beschäftigt."

Christines Großmutter, eine Kriegswitwe, die nie wieder geheiratet hatte, hatte sich außerordentlich viel mit ihrem blauen Wellensittich beschäftigt. Christine war als Kind gerne bei ihrer Großmutter in Westfalen gewesen und an diesem Vormittag, als sie in Kreuzberg auf dem Weg in die Liegnitzer Straße war, konnte sie sich plötzlich wieder an ihre gebeugte Gestalt erinnern, obwohl sie schon lange tot war, an die Linien in ihrem Gesicht, an die Küche, in der der Vogelkäfig stand, an den Geruch nach Eintöpfen und Kölnischwasser in der ganzen Wohnung. Und an den Geruch nach Alter. Dieser Geruch hatte Christine nicht gestört, im Gegenteil, sie hatte ihn in der Kindheit immer mit sorglosen Stunden verbunden.

Der Wellensittich konnte sprechen. Die gesamte Verwandtschaft fand es unglaublich – kein bunt schillernder Papagei, sondern ein ordinärer Wellensittich. Unermüdlich hatte die Großmutter mit ihm geübt. Zuerst hatten alle mit dem Kopf geschüttelt und gesagt: „das wird nie was", aber die Großmutter machte weiter, denn sie war es in ihrem Leben gewohnt weiterzumachen, so lange, bis ihre Bemühungen schließlich Früchte trugen.

Das Repertoire des Vogels war jedoch begrenzt. „Guten Tag" oder „lecker" zu sagen, verweigerte er beharrlich. Er beherrschte nur eines – und zwar einen vollständigen Satz. Der Satz lautete: „Die Russen kommen." Das „R" bei dem Wort „Russen" rollte er apart und klangvoll, daran konnte sich Christine noch ganz genau erinnern – in der Zooabteilung bei Karstadt, als sie geradewegs aus Evas Bett kam. Niemand wusste damals so recht, warum die Großmutter dem Vogel ausgerechnet „die Russen kommen" beigebracht hatte; Christines Eltern vermuteten, um damit ihre verhasste Nachbarin zu ärgern, die aus demselben Ort in Ostpreußen stammte wie die Großmutter. Christines Mutter verzog meist das Gesicht, wenn der Wellensittich seinen einzigen Satz sagte, ähnlich wie in den Situationen, wenn Christine etwas angestellt hatte, und sagte dann streng zu ihrer Schwiegermutter: „Anneliese, warum musstest du ihm ausgerechnet *so etwas* beibringen!"

Die Großmutter schwieg sich darüber aus und nahm es mit ins Grab: warum sie dem Vogel jenen Satz beigebracht hatte, ob sie ihre Nachbarin wirklich hasste und wenn ja, aus welchem Grund.

Danach waren Christine rosafarbene, flauschige Teppiche im Badezimmer eingefallen, halb runde, die den Fuß der Toilette einrahmten, Bezüge für den Toilettendeckel aus demselben Stoff, weiterhin ein Kleidchen für das große Telefon in der Diele und ein weiteres Mal zitternde Rehpinscher. Die verhasste Nachbarin der Großmutter hatte einen Rehpinscher besessen, der immer zitterte, auch im Sommer.

Bis sie zu Hause in der Liegnitzer Straße ankam, war Christine Hoffmanns ganzes Leben wieder da. Beiläufig, wie im Vorübergehen. Niemand beachtete sie, niemand bemerkte, was ihr soeben widerfuhr. Eine Gruppe Jugendlicher grölte laut, Autos rauschten vorbei, ein Radfahrer schimpfte, ein Krankenwagen bog um die Ecke. Vertraute Stadtgeräusche. Christine Hoffmann war wieder Christine Hoffmann.

„Weiß schon irgendjemand, dass dir alles wieder eingefallen ist?", fragte Grit.

„Nein, du bist die Erste."

„Komm, lass uns wieder reingehen." Grit umarmte Christine. „November ist einfach nicht der richtige Monat für den Balkon."

Drinnen räumten sie zusammen die Küche auf. „Ich muss mich erst an die neue Situation gewöhnen", sagte Grit, die Spülbürste in der Hand. „Zuerst musste ich mich daran gewöhnen, dass du nichts mehr weißt. Und jetzt, wo ich mich daran gewöhnt habe, kannst du dich wieder erinnern. Zwischendurch war ich manchmal ernsthaft besorgt und dachte, es fällt dir nie wieder ein."

„Das dachte ich auch", sagte Christine. „Das dachte ich sogar sehr oft."

Es schien schon so lange her. So plötzlich war ihr gesamtes Leben zurückgekehrt, in diesem kurzen Augenblick auf dem Nachhauseweg, vor einem Vogelkäfig, es war wieder so präsent, dass die Erinnerung daran, als es verloren war, jetzt bereits zu verblassen begann.

„Über Martin hast du übrigens auch nicht mit mir geredet", sagte Christine tadelnd.

„Lass mich bloß mit dem in Ruhe!" Grit wurde ungewohnt heftig. „Martin ist ein Klugscheißer, der seit einem Jahr scharf auf dich ist. Wahrscheinlich, weil er dich nicht haben kann. Hauptberuflich ist er Narzisst. Vermutlich ist er in Wahrheit gar nicht auf dich scharf, sondern nur auf sich selbst."

„Und warum hast du mir das nicht erzählt?"

„Weil ich der Ansicht war, dass du deine eigenen Erfahrungen machen musst. Ich hätte dich schon rechtzeitig gewarnt, Herzchen. Aber das ist ja nicht mehr nötig, denn Nachhilfe brauchst du nun sicher nicht von ihm?"

„Nein. Meine Arbeit ist mir auch wieder eingefallen."

„Eva weiß es auch noch nicht?", fragte Grit.

„Nein. Ich wollte es zuerst dir sagen. Und damit auch warten. Ich musste mich zuerst selbst daran gewöhnen. Und ich war mir nicht sicher, ob ich nicht am nächsten Morgen aufwache und auf einmal ist es wieder weg, so als wäre die Rückkehr der Erinnerung bloß ein Traum gewesen. Vielleicht war ja überhaupt alles nur ein Traum."

„Dann erzähl es Eva", sagte Grit. „Am besten noch heute."

Als Christine am darauffolgenden Tag ins Büro kam, saßen Annegret und Martin dort. Vor Martin stand wieder die

Tasse mit dem Aufdruck *Christine*. Es ärgerte sie und am liebsten hätte sie ihm die Tasse entrissen.

„Guten Morgen!", sagte Annegret, stand auf und umarmte Christine auf die gewohnt zupackende Art.

„Spät ins Bett gekommen?", fragte Martin und blickte auf seine Uhr. Es war nach elf, fast halb zwölf.

„Gar nicht geschlafen", sagte Christine.

„O je, bestimmt wach gelegen und die ganze Nacht gegrübelt?", vermutete Annegret voller Mitleid.

Martin lächelte. Siegessicher, wie Christine fand. Sie wären am selben Abend verabredet. Martin wollte ihr endlich Einblicke in das Projekt geben und für sie kochen. Er hatte sich mehrfach darüber beschwert, dass es erst jetzt zu einem Treffen kam, bot er Christine doch schon seit Wochen jede erdenkliche Hilfe an.

Annegret goss Christine Kaffee ein, ohne zu fragen, ob sie welchen wolle – in einen Becher mit dem Aufdruck *Annegret*. Christine nahm an ihrem Schreibtisch Platz und kehrte ihren Kollegen den Rücken zu. Sie fragte sich, ob sie nicht doch lieber bis zum Abend warten solle. Sie wollte nicht in Annegrets Gegenwart mit Martin sprechen.

Annegret stand auf. „Ihr zwei Lieben, ihr kommt ja sicher eine Weile ohne mich zurecht?", sagte sie und griff nach ihrer Jacke an der Garderobe. „Ich muss mal für eine halbe Stunde weg. Und dir geht es auch gut, Christine? Du musst schrecklich müde sein."

„Ja, es geht mir ausgezeichnet, danke", sagte Christine, die ihre Müdigkeit bislang gar nicht bemerkt hatte.

Sie war in der Nacht noch zu Eva gefahren, die sie zuerst beglückwünscht hatte und dann unerwartet traurig geworden war.

„Was hast du?", hatte Christine gefragt.

„Wenn dir dein Leben wieder eingefallen ist – vielleicht bist du dann am Ende gar nicht mehr in mich verliebt?"

„Wie kommst du denn darauf?"

„Vielleicht hätte sich die Christine Hoffmann von früher niemals in mich verliebt."

„Die alte Christine Hoffmann hätte sich in dich verliebt", hatte Christine sie beruhigt, „die vorübergehende hat sich in dich verliebt und die neue Christine Hoffmann ist es. Offenbar weißt du gar nicht, wie sehr."

Annegret verließ das Büro, schloss die Tür und Martin rollte mit seinem Bürostuhl an Christine heran. Er setzte seine Brille ab, schien sich für etwas Wichtiges bereit zu machen. Da öffnete sich die Tür wieder, er zuckte leicht zusammen – immer noch so schreckhaft, dachte Christine –, Annegret hatte ihr Portemonnaie vergessen. Als sie endgültig fort war, begann Martin, Pläne für den Abend zu schmieden.

„Erst das Essen?", fragte er, „oder erst die Arbeit?"

Er sah gut aus wie immer und sein Oberlippen- und Kinnbart war sorgfältig gestutzt. Er redete und redete. Darüber, wie er Christine an die Materie heranführen werde, er habe sich das schon ganz genau ausgedacht, didaktisch ungeheuer klug, dann über das mehrgängige Abendessen und was er dafür noch einkaufen müsse.

„Du würdest mich doch nicht anlügen, oder?", fragte Christine mittendrin.

„Anlügen?" Martin war irritiert. „Was denkst du denn von mir? Ich habe dich nie angelogen. Ich kann wirklich vorzüglich kochen, du wirst sehen."

„Ach, Martin", sagte Christine und als er sie unterbrach und weitersprach, fuhr sie ihm ins Wort: „Ich habe mich wieder erinnert. Ist ganz plötzlich passiert."

„Erinnert?", sagte er. „Du hast dich erinnert? Das gibt's doch gar nicht. Etwa an ... an alles?"

„An alles."

„Dann weißt du auch ..."

„Dass wir nie etwas miteinander hatten? Ja, das weiß ich. Dass du die günstige Gelegenheit ergriffen hast, die sich dir bot. Sehr geistesgegenwärtig, das muss ich dir lassen.

Mir ist übrigens auch ganz nebenbei wieder eingefallen, wie bedeutsam eine Publikation in der *Historischen Zeitschrift* ist. Und dass über dem Aufsatz nur dein Name stand, obwohl du auch meine Forschungsergebnisse verwendet hast. Ich war dir noch nicht einmal eine Fußnote wert."

Der sonst so eloquente Martin schwieg lange. Etliche Sekunden oder sogar Minuten sagte er kein einziges Wort, sah auf seine Schuhe, sauber geputzt, auf den Fußboden, als suchte er etwas in dem Muster des Linoleums. Er setzte seine Brille wieder auf, wischte seine Hände an den Oberschenkeln ab, stand auf, rollte seinen Stuhl zu seinem Schreibtisch zurück. Wie bei Christines erstem Besuch im Institut nach ihrem Krankenhausaufenthalt schien er nervös auf die Geräusche im Flur zu horchen.

„Ich kann dir alles erklären ...", begann er.

„Nicht nötig", sagte Christine.

„Christine", sagte er, „komm, sei nicht so. Es war eine absolut einzigartige Situation – dass du dein Gedächtnis verloren hast. So etwas gibt es doch normalerweise gar nicht."

„Hattest."

„Was?"

„Ich *hatte* mein Gedächtnis verloren", sagte Christine, „jetzt *habe* ich es zurück. Du solltest eigentlich die Vergangenheitsformen beherrschen."

Sie stand auf und trat an seinen Schreibtisch. Er duckte sich.

„Und hör endlich auf, aus meiner Tasse zu trinken!", sagte sie und nahm sie ihm weg.

22

„Möchtest du auch einen Tee?", fragte Marion. Sie hielt ihre Tasse elegant in der Hand, nahezu anmutig.

„Nein, danke", sagte Christine.

„Entschuldige, wenn ich ein bisschen Ordnung schaffe", sagte Marion, stellte die Tasse ab und ging in der Küche umher, „ich bin gerade erst nach Hause gekommen. Langer Tag in der Schule."

Marion räumte ihre teure Lederaktentasche aus, legte die Schulhefte, Bücher und Mappen auf die Arbeitsplatte. Sie sah überaus frisch und adrett aus, trotz eines langen Schultages mit anschließender Lehrerkonferenz. An ihrem Mund hing kein Brötchenkrümel, ihre Kleidung saß perfekt, nichts an ihr war zerknittert. Sogar die Falten an ihren Mundwinkeln wirkten an diesem Tag weniger tief eingekerbt als sonst. Als hätte sie viele Nächte hintereinander gut und ausgiebig geschlafen oder wäre im Urlaub gewesen.

Wahrscheinlich tut es ihr in Wahrheit gut, mich ein paar Tage nicht zu sehen, dachte Christine.

„Schön, dass du da bist." Marion strich leicht über Christines Wange.

Sie gingen ins Wohnzimmer. Marion schaltete die Lampe am Esstisch ein, an dem sie auch meistens Klassenarbeiten korrigierte. Sie setzten sich auf das Sofa. Ein trüber Novembertag, schon morgens war es nicht richtig hell geworden. Heute wirkte das sandfarbene Sofa nicht einladend und gemütlich, das Licht im Raum war fahl. Ganz anders als vor einigen Wochen, als Marion sie aus dem Krankenhaus abgeholt und zum Sofa geführt hatte. Christine hatte gedacht, dass dies ein wunderschöner Raum sei, ein Ort für Glück. Erstaunlich dachte sie, um wie vieles freundlicher eine Wohnung bei schönem Wetter aussieht, bei Sonnenschein.

„War es schwierig, das Hotelzimmer zu stornieren?", fragte sie.

„Nein, überhaupt nicht", antwortete Marion. „Mach dir deswegen keine Gedanken. Sie waren verständnisvoll angesichts deines ...", sie zögerte, „... deines verwirrten Zustands. Es hat auch gar nichts gekostet, sie haben gesagt, sie werden es schon noch los. Zuerst hatte ich ja noch überlegt, ob ich alleine fahren soll, aber das wollte ich dann doch nicht. Es sollte dich doch an unseren ersten gemeinsamen Urlaub erinnern. Es wäre einfach nicht dasselbe gewesen. Wir holen es nach, mein Engel, es läuft uns ja nicht weg. Wenn es dir wieder richtig gut geht. Es ist ja auch im Winter schön am Meer. Oder wir fahren ganz woanders hin, zum Beispiel über Weihnachten. Auf die Kanaren, in die Sonne."

„Erzählst du mir von meinen Stimmungen?", bat Christine. „Sie gehen mir einfach nicht aus dem Kopf."

„Jetzt? Na gut, wenn du unbedingt willst. Aber du solltest dich nicht überanstrengen, nicht zu viel von dir verlangen."

„Das halte ich schon aus", sagte Christine.

Marion legte kurz ihre Hand auf Christines. „Ich kann dich ja verstehen. Du willst zu dir selbst finden. Und dazu musst du mehr über dich wissen. Wenn du in diesen Stimmungen bist, traurig, schwermütig, findest du nur ganz schwer wieder heraus. Aber ich habe dich nie alleingelassen, egal, wie es dir ging. Auch nicht, wenn du diese Ängste hattest ... wenn diese eine Angst ganz stark wurde ...

die Angst, verlassen zu werden. Als würde ich dich jemals verlassen!"

„Wie gut, dass es dich gibt", sagte Christine.

Marion wirkte so, als wollte sie sagen: Ja, dieser Ansicht bin ich auch! Aber stattdessen bemerkte sie nur, das alles sei doch selbstverständlich.

„Weißt du eigentlich, wer mich ins Krankenhaus gebracht hat?", fragte Christine.

„Was? Nein. Der Krankenwagen. Irgendjemand, der den Unfall beobachtet hat, hat den Notruf benachrichtigt, vermute ich. Wieso willst du das jetzt noch wissen? Es spielt doch keine Rolle mehr. Hauptsache, dir ist nichts passiert. Nichts noch Schlimmeres, meine ich. Und der Rest wird sich schon finden."

Das Telefon klingelte. Marion stand auf, griff nach dem Hörer auf dem Esstisch, sagte: „Ja, Augenblick" und reichte den Hörer Christine. „Für dich."

Es war Christines Vater.

„Du bist ja nicht zu Hause", sagte er, „also habe ich noch mal bei deiner ... Freundin angerufen. Es geht um den Geburtstag deiner Mutter. Wir wollen ihn doch groß feiern. Du weißt ja, dein Bruder ..." Er sprach nicht weiter. „Ach nein!", rief er schließlich, „entschuldige, Kind, du weißt es ja nicht, du hast ja alles vergessen ... entschuldige!"

„Ich nehme an, du wolltest sagen, dass sich mein Bruder wie immer um nichts kümmert", sagte Christine.

„Ja, genau."

„Und ich nehme an, Mama ist gerade bei Frau Baumgarten?"

„Was? Nein, da war sie schon. Sie ist beim Arzt. Ein Rezept abholen. Wegen des Blutdrucks. Aber wieso ..." Wieder sprach er nicht weiter.

„Ich weiß wieder alles", sagte Christine.

Marion befand sich noch im selben Raum, war zum Esstisch gegangen. Christine sah nicht zu ihr, aber sie spürte ihren Blick, spürte, dass sich im Raum etwas verändert hatte, als könnten Gedanken das Klima beeinflussen.

„Was hast du gesagt?", fragte ihr Vater.

„Ich kann mich wieder erinnern. Ist das nicht toll? Mir ist alles wieder eingefallen. Stell dir vor, ich weiß sogar wieder, was Omas Wellensittich gesagt hat."

„Ja, ja." Ihr Vater lachte. „Die Russen kommen. Was sie sich dabei bloß gedacht hat? Manchmal war sie schon ein bisschen verrückt. Mein Gott, hat sich deine Mutter immer darüber aufgeregt, wenn das Vieh den Schnabel aufgemacht hat."

„Ja, ich weiß", sagte Christine.

„Du kommst doch zu ihrem Geburtstag?"

„Ja, sicher. Wie jedes Jahr."

„Ich glaube, deine Mutter kommt gerade nach Hause." Er sprach jetzt leiser. „Ich muss auflegen. Ach, und wie schön, dass es dir wieder gut geht!" Ihr Vater verabschiedete sich.

Jetzt war Christine wieder ganz allein mit Marion. Marion bewegte sich nicht, sagte kein Wort. Sie wirkte nicht mehr so erholt wie noch vor wenigen Minuten.

„Willst du dich nicht wieder setzen?", fragte Christine.

Marion setzte sich auf einen der Stühle am Esstisch, weit weg vom Sofa, weit weg von Christine. Sie begann, lautlos zu weinen.

Sie versuchte erst gar nicht, etwas abzustreiten. Allerdings wollte sie von den Problemen zwischen sich und Christine, die Christine ihr schilderte, nichts wissen. Eisern blieb sie dabei: ihre Beziehung sei glücklich. Viel glücklicher als die der meisten anderen. Und wenn Christine die Reise an die Ostsee nicht abgesagt hätte, hätte alles wieder so werden können wie früher.

Christine fragte sich, ob Marions Gedächtnis selektiv funktionierte. Ob sie Krisen und die Tatsache einer bevorstehenden Trennung einfach vergaß. Und ob für sie dann das, was sie so erfolgreich vergaß, nicht mehr existierte. Sie hatte die ganze Zeit, seit Christine aus dem Krankenhaus entlassen worden war, nicht über Christine, sondern über sich selbst gesprochen. Sie war oft launisch und missmutig, nicht Christine. Sie war diejenige, die sich beim geringsten Anlass oder sogar ganz ohne einen Anlass verlassen fühlte.

Die von Christine erwarteten Tränen waren eingetreten, Marion verbarg sie nicht. Doch Christines Wut blieb aus. Sie war nicht mehr wütend. Bald darauf ging sie. Sie hätte Marion gern noch gefragt, warum sich in ihrer Wohnung kein einziger Liebesbrief befand, doch sie konnte sich die Antwort denken: Aller Wahrscheinlichkeit nach hatte Marion die gesamte Post aus Christines Wohnung entfernt, während sie im Krankenhaus gelegen hatte. Die Briefe und Christines Tagebuch. Christine wusste auch, warum. Marion hatte ihr in all den Jahren unzählige Briefe geschrieben, doch das Bild von ihr, das sich in ihnen vermittelte, passte nicht in das neue Konzept. Marion hatte auch den Schlüssel zu Christines Wohnung wieder an sich genommen. Christine hatte ihn vor mehr als einem halben Jahr von ihr zurückverlangt. Marion hätte keine Kopie davon anfertigen lassen können, weil dafür ein Personalausweis erforderlich war.

Als Christine die Wohnungstür öffnete, um in das Treppenhaus zu treten, sagte Marion: „Ich wünschte, dein Gedächtnis wäre nie wieder zurückgekehrt."

Das glaubte ihr Christine aufs Wort.

Zu Hause – Christine dachte gerade darüber nach, ob sie sich Pflanzen für ihre Wohnung anschaffen solle – klingelte es an der Tür.

Sie fürchtete kurz, es könnte Marion sein, die ihr gefolgt wäre, dann hoffte sie, dass es Eva wäre, nach der sie sich sehnte.

Es war keine von beiden. Christine öffnete die Tür und vor ihr stand eine Frau unbestimmten Alters, mit grauen Haaren, Dauerwelle, einem aus der Mode gekommenen, aber gut erhaltenen Mantel für die Übergangszeit und einer altmodischen Handtasche. Sie hielt einen Stapel bunter Grußkarten in der Hand.

„Guten Tag, Frau Berger!", sagte Christine. „Wollen Sie vielleicht einen Kaffee?"

Die Angesprochene war sichtlich erfreut über so viel Freundlichkeit. „Nein, danke", sagte sie, „für Kaffee ist es mir zu spät, dann kann ich wieder die ganze Nacht nicht schlafen. Aber ein Glas von Ihrem Rotwein nehme ich gern."

Christine bat sie in die Küche. Sie setzten sich an den Tisch und Frau Berger breitete die mitgebrachten Postkarten aus.

„Ist es nicht ein wenig früh für Weihnachtskarten?", fragte Christine.

„Wo denken Sie hin! Der November ist doch schon bald vorbei. Die Zeit vergeht ja so schnell."

„Ja, das stimmt", sagte Christine. „Sie haben recht. Darauf habe ich gar nicht geachtet. Es ist mir in den letzten Wochen nicht aufgefallen, ich war so mit mir selbst beschäftigt."

Frau Berger erzählte Christine, dass sie nicht ganz auf der Höhe sei, dass sie neuerdings immer so vieles vergesse.

„Aber es muss ja weitergehen", sagte sie und seufzte.

Frau Berger behauptete dies seit Jahren. Christine beruhigte sie und versicherte ihr, das mit dem Vergessen passiere doch jedem hin und wieder.

Frau Berger war kein Gespenst. Sie kam jedes Jahr kurz vor Weihnachten, um an der Haustür UNICEF-Karten zu verkaufen. Christine gehörte zu den wenigen, die sie fast immer hereinbat, und so war Frau Berger inzwischen eine gute, alte Bekannte. Meistens plauderten sie einige Minuten und Frau Berger trank jedes Mal, je nach Uhrzeit, einen Kaffee oder ein Glas Rotwein, bevor sie wieder ging. Sie erinnerte Christine ein wenig an ihre Großmutter mit dem blauen Wellensittich.

Nachdem sie ihr Glas geleert hatte, stand Frau Berger auf und sagte: „So, ich muss weiter."

Christine kaufte ihr zehn Karten ab – „Oh, heute so viele", sagte Frau Berger, „Sie wollen wohl viel schreiben, sonst nehmen Sie doch immer nur fünf" – und Frau Berger verabschiedete sich.

Als sie gegangen war und ein Stockwerk höher ihr Glück bei Christines Nachbarn probierte, klingelte das Telefon.

„Ich grüße Sie! Hier ist Frau Böckelmann!", sagte eine fröhliche Stimme.

„Frau wer?", fragte Christine.

Frau Böckelmann? Wer um Himmels willen war Frau Böckelmann? Ging es wieder von vorne los? Vergaß Christine Hoffmann schon wieder alles?

„Böckelmann", wiederholte die Frau. „Krankenhaus. Hüftoperation. Menschenskind, haben Sie etwa schon wieder alles vergessen?"

„Nein, nein", sagte Christine. Sie hatte gar nicht mehr daran gedacht, dass sie im Krankenhaus ihre Telefonnummern ausgetauscht hatten.

Frau Böckelmann erkundigte sich nach Christines Zustand, bevor sie viele lange Minuten über ihren eigenen redete. Die Rehaklinik im Harz habe ihr gefallen. Mit den Krücken komme sie gut zurecht, aber nächste Woche sei sie die ja sowieso los.

„Und diese nette Frau, die sich im Krankenhaus so rührend um Sie gekümmert hat?", fragte sie am Schluss.

„Diese nette Frau werde ich eine Weile nicht sehen", sagte Christine. „Sie hat in nächster Zeit genug mit sich selbst zu tun."

Christine legte auf und ging in den Keller, vor dem sie sich immer ein wenig fürchtete, um Blumenerde zu holen. Am nächsten Tag würde sie sich endlich Pflanzen kaufen. Kurz bevor sie ihre Kellertür erreicht hatte, stellte sie überrascht fest, dass der Hauswart oder irgendjemand sonst sich endlich erbarmt und den riesigen Pilz von der feuchten Wand entfernt hatte.

23

Der leuchtend orangefarbene Pilz im Keller. Ihr Keller in der Liegnitzer Straße, der so feucht war, dass dort Pilze aus der Wand sprossen, was die Hausverwaltung aber nicht weiter bekümmerte, sooft man sie auch darauf hinwies. Christine hatte Blumenerde gekauft und wollte sie in den Keller bringen. In ihrer Wohnung gab es keine einzige Pflanze und sie hatte beschlossen, dies endlich zu ändern.

Marion war ihr nach unten gefolgt und redete auf sie ein. Christines Bestrebungen, ihre Wohnung wohnlicher zu gestalten, machten Marion misstrauisch. Sie machten ihr Angst. Es war Marion nie genug, immer zu wenig. Christine bewies nicht genug. Bewies nicht genug Liebe. Nicht genug Aufmerksamkeit. Christine ließ sie allein.

Aus Marions Perspektive bedeuteten Topfpflanzen in diesem Fall nicht Leben, sondern schleichenden Tod. Christine würde nicht mehr so häufig bei ihr sein, weil sie ihre eigene Wohnung vorzöge. Marions schlimmste Befürchtung: Christine zog sich von ihr zurück.

Ein finsterer Keller im Berliner Altbau, unrenoviert, dem seine über hundertjährige Geschichte anzusehen und der Christine immer ein bisschen unheimlich war. Dort unten setzten sie ihren oben begonnenen Streit fort. Marion redete auf sie ein und währenddessen sah Christine immerzu auf den orangefarbenen Pilz. Sie fand es unglaublich, was hier geschah. Dass sie sich im Keller stritt. Ein Pilz in dieser Größe mitten auf der Wand.

Und dann erinnerte sich Christine Hoffmann auch wieder genau an den Unfall vor sechs Wochen, an die Sekunden direkt davor, die Personen nach einer Gehirnerschütterung und temporärer Amnesie normalerweise für immer fehlten. Das letzte Mosaiksteinchen. Das letzte Stück des Puzzles.

Sie hatte mit Marion in ihrer Wohnung in Kreuzberg gestritten, an einem anderen Tag. Marion und sie stritten sich häufig. Marion hatte wie immer gesagt: „Lass uns nicht streiten." Zuvor hatte Christine ihr mitgeteilt, schweren Herzens, aber zugleich auch erleichtert, dass sie sich diesmal wirklich von ihr trennen werde. Schon einmal, vor zwei Jahren, hatte sie es versucht, sich jedoch schließlich von Marion, die von Weinen und Flehen bis zum Drohen alle Register gezogen hatte, zum Bleiben überreden lassen. Doch diesmal war es ihr ernst. Diesmal würde sie nichts davon abbringen.

Christine hatte ihre Wohnung verlassen und war zum Paul-Lincke-Ufer gegangen. Sie hatte eine Verschnaufpause gebraucht, einen Moment des Alleinseins. Das Wetter war schlecht gewesen, Dauerregen seit Wochen, dunkler, grauer Himmel. Niemand ging bei diesem Wetter spazieren, doch das war Christine egal. Nein, es war ihr sogar lieb. Sie hatte nichts gegen schlechtes Wetter, im Gegenteil. Schon ihre Mutter war während Christines Kindheit latent besorgt über die unübliche Neigung der Tochter gewesen, bei Regen gern draußen zu sein, und hatte sich nie entscheiden können, ob ihr Nachwuchs ein robustes Naturkind war, auf das sie stolz sein konnte, oder nicht ganz normal, anders als die anderen Kinder.

Die Straßen waren an diesem Nachmittag unwirklich leer. Christine schien weit und breit der einzige Mensch zu sein, als befände sie sich in einem düsteren Sciencefiction-Film, die Welt nach einer der vielen denkbaren Katastrophen, Ort der Handlung: ausgestorbenes Berlin. Alle lebten unterirdisch in der Kanalisation oder hatten die Stadt

längst verlassen. Noch nicht einmal ein Auto fuhr an ihr
vorbei, kein Fahrrad, kein Hund, der trotz des Wetters seinen Auslauf brauchte. Waren nicht sogar die Vögel fort?
Alle Lebewesen?

Christine passierte die Glogauer Straße und kurz vor
der Ratiborstraße schlug sie einen Trampelpfad zwischen
Büschen und Bäumen ein, um direkt an den Kanal zu
gelangen, um auf das Wasser blicken zu können, was sie
stets beruhigte. Dann hörte sie, dass jemand hinter ihr
war und schnell näher kam. Marions Schritte, unverkenn-
bar. Christine brauchte sich nicht einmal umzudrehen;
sie erkannte Marion an ihren Schritten, am besonderen
Geräusch ihrer Absätze auf dem Pflaster, sie hatte dabei
sogar ihren Gang vor Augen.

„Warte!", rief Marion, „so warte doch!"

Christine wandte sich um. Sie standen voreinander,
blickten sich an, ähnlich wie später die kleinen Plastiktiere
auf dem Badewannenrand.

„Das kannst du nicht machen", sagte Marion atemlos.
„Das kannst du doch nicht machen. Du darfst mich nicht
verlassen! Uns geht es doch gut."

„Uns geht es nicht gut. Schon lange nicht mehr."

„Doch! Uns geht es gut! Wir sind glücklich! Wir sind
glücklich, Christine."

„Wir sind nicht glücklich. Weder du noch ich."

„Wie kannst du so etwas sagen?"

„Es ist die Wahrheit. Lass mich ein bisschen spazieren
gehen. Lass uns später weiterreden, heute Abend."

Christine drehte sich um und wollte ihren Weg fortset-
zen, zwischen den Bäumen entlang, über die Stufe, die
nach dem vielen Regen der letzten Wochen grün vor lauter
Moos war.

„Bleib gefälligst hier!", schrie Marion, hielt Christine am
Handgelenk fest und versuchte, sie mit aller Macht zurückzuhalten. Marion wirkte auf den ersten Blick zart und
feingliedrig, aber dieser Eindruck täuschte. Sie war kräf-

tig, hatte ausgeprägte Armmuskeln, sie renovierte Wohnungen, trug bei Umzügen freiwillig die schweren Kisten und sie hätte, wenn sie endlich zusammenzögen, Christine gerne über die Schwelle getragen, wie sie oft betonte. Doch Christine wollte es nicht – nicht die Schwelle, nicht die gemeinsame Wohnung.

Christine rutschte auf der glitschigen, moosbewachsenen Stufe aus und hätte vielleicht noch ihr Gleichgewicht halten können, wenn Marion nicht mit eiserner, unerbittlicher Kraft an ihrem Handgelenk gezogen hätte. Der Erdboden unterhalb der Stufe war so nass und durchweicht, dass er ihr keinen Halt bot. Christine merkte, dass sie fiel; unendlich lange erschien es ihr, als wäre eine Sekunde eine ganze Minute, mindestens, als wäre sie ihre eigene Zuschauerin, Zeugin eines dummen Missgeschicks, und da Marion noch immer ihren Arm festhielt, fehlte er, um sich damit abzustützen. Christine dachte sogar noch im Fall daran, wie gefährlich glatt dort unten alles war, dass mitunter tragische Unfälle geschahen, aber bestimmt passierten sie nur anderen, in der Zeitung, im Fernsehen, nicht ihr, und sie dachte, dass sie sich diesmal wirklich von Marion trennen würde, endgültig, trennen müsste, denn ihre Beziehung war zu einem Ende gekommen, schon vor Jahren, und sie dachte: Warum lässt Marion nicht endlich mein Handgelenk los, das tut weh – und dann war alles dunkel, noch viel dunkler als der verregnete Tag mit dem verhangenen Himmel, die grüne Farbe eines Strauchs nahm sie noch mit in dieses Dunkel und dann dachte Christine Hoffmann gar nichts mehr.

Vielleicht hätte sich alles ganz anders entwickelt, wenn Christine sich wirklich nie mehr an früher erinnert hätte? Wenn ihr Gedächtnis verloren geblieben wäre, für immer gelöscht? Wenn ihr nie wieder eingefallen wäre, was Marion am Kanal getan hatte? Und warum sie es getan hatte? Vielleicht wäre Christine dann tatsächlich bei ihr eingezogen, hätte ihre eigene Wohnung aufgegeben?

Aber bei diesen Überlegungen ließ sie etwas Wesentliches außer Acht: Eva. In Eva hätte sie sich immer verliebt. Früher, heute, morgen. Zu jeder Zeit.

Es würde sich schwierig gestalten, Martin künftig zu meiden, da sie dasselbe Büro teilten. Doch darüber würde Christine später nachdenken. Seit sie ihm mitgeteilt hatte, dass sie sich wieder erinnern konnte, war er zurückhaltend und still geworden und wagte meist nicht, sie anzusehen.

Warum hatten Marion und Martin nicht höllische Angst davor gehabt, dass sie sich wieder erinnern und alles auffliegen würde? Christine hätte an ihrer Stelle Angst gehabt. Doch vielleicht hatte diese Befürchtung sie ja durchaus geplagt und trotzdem war ihnen etwas anderes wichtiger gewesen. Vielleicht waren sie beide davon ausgegangen, dass selbst wenn Christine sich wieder erinnerte, die neu entbrannte Liebe zu ihnen so groß sein würde, dass sie alles entschuldigte. Beide hatten, auf ihre Weise, die Gelegenheit genutzt, die sich ihnen plötzlich geboten hatte. Eine andere Erklärung gab es nicht. Dass Christine ihr Gedächtnis verloren hatte, war das Beste, das ihnen passieren konnte. Ein unverhofftes Geschenk des Himmels!

Und was wäre gewesen, wenn das alles gar nicht geschehen wäre? Wenn sie nicht auf den Kopf gefallen wäre? *Auf den Kopf gefallen*, wie das klang. Wäre sie immer noch mit Marion zusammen? Hätte sie sich ein weiteres Mal überreden lassen?

Nein. Denn es reichte Marion nie, das hatte Christine bereits vor einigen Jahren festgestellt. Niemals war es genug – ganz gleich, was Christine tat. Es war immer zu wenig. Viel zu wenig. Marion, eine meisterliche Tyrannin der Gefühle, fand immer etwas, fand immer einen fehlenden Beweis der Liebe und hielt ihn Christine vor.

Grit hatte gesagt, dass sich die meisten Menschen insgeheim manchmal wünschten, ein ganz neues Leben zu beginnen, jemand ganz anderer zu sein. Christine war eher froh, dass sie keine ganz andere war, sondern endlich wieder Christine Hoffmann. Doch das mit dem neuen Leben gefiel ihr.

Am zwölften Oktober war sie im Krankenhaus wach geworden und hatte bemerkt, dass sie sich an nichts erinnern konnte.

Heute war der dreiundzwanzigste November. Sechs Wochen waren vergangen. Zwölfter Oktober, sie erinnerte sich, das war der Hochzeitstag ihrer Zimmernachbarin im Krankenhaus, der Hüftoperation. Wieso war Herr Böckelmann eigentlich nicht mit einem Blumenstrauß zum Hochzeitstag erschienen? Ach ja, richtig, er war tot, Frau Böckelmann Witwe.

Christine sah aus dem Fenster: Nieselregen. Grauer Himmel, der nahtlos in die Häuserfassaden, die heute ebenfalls grau wirkten, und den grauen Asphalt überzugehen schien. Alles war an diesem Tag durch und durch grau, wie Frau Berger. Christine zog es nach draußen. Sie wollte jetzt spazieren gehen. Sie mochte es, danach mit tropfenden Haaren und feuchtem, leicht gerötetem Gesicht zurückzukommen, zu Hause die nasse Kleidung aufzuhängen und dann ein Bad zu nehmen.

Morgen würde sie mit Eva das Aquarium besuchen, das sie tatsächlich liebte, wie Spaziergänge bei schlechtem Wetter; in diesen beiden Fällen hatte Marion die Wahrheit gesagt. Christine freute sich auf die Quallen, die Fische und Echsen. Und vor allem auf Eva.

Dreiundzwanzigster November. Der düstere, triste November. Die dunkle Jahreszeit, die schwermütig und trübsinnig machte.

Es war der Anfang von allem.

Sie zog Schuhe und Jacke an, band sich die Schuhe. Eigentlich erstaunlich, dachte sie, dass man niemals im Leben vergisst, wie Schnürsenkel zu binden sind.

In diesem Moment wusste Christine Hoffmann genau, wer sie war, und sie fühlte sich großartig.

„nicht unböse"
(Weiberdiwan)

Regina Nössler
Alltag tötet
Geschichten über die Liebe

ISBN: 978-3-89656-093-3
14,90 €

JEDE MENGE L-BÜCHER: WWW.QUERVERLAG.DE

„Ein Buch über die Liebe.
Die Liebe auf den zweiten Blick."
(Weltexpress)

Corinna Waffender
Flüchtig bleiben
Roman
ISBN: 978-3-89656-138-1
14,90 €

JEDE MENGE L-BÜCHER: WWW.QUERVERLAG.DE